JN118157

乙女ゲームの破滅フラグしかない悪役令嬢に転生してしまった…10

山口悟

SATORU YAMAGUCHI

一迅社文庫アイリス

CONTENTS

破滅フラグしかない悪役令嬢に転生してしまった…

AKUYAKUREIJYOU NI TENSEI SHITESHIMATTA

人物紹介

キース・クラエス

カタリナの義理の弟。クラエス家の分家からその魔力の高さ故に引き取られた。色気のあふれる美形。魔力は土。

アラン・スティアート

ジオルドの双子の弟で第四王子。野性的な風貌の美形で、俺様系な王子様。楽器の演奏が得意。魔力は水。

ジオルド・スティアート

王国の第三王子。カタリナの婚約者。金髪碧眼の正統派王子様だが、腹黒で性格は歪みぎみ。何にも興味を持てず退屈な日々を過ごしていたところで、カタリナと出会う。魔力は火。

マリア・キャンベル

『平民』でありながら『光の魔力を持つ』特別な少女。本来の乙女ゲームの主人公で努力家。得意なことはお菓子作り。

メアリ・ハント

侯爵家の四女でアランの婚約者。可愛らしい美少女。『令嬢の中の令嬢』として社交界でも知られている。

ソフィア・アスカルト

伯爵家の令嬢でニコルの妹。白い髪に赤い瞳のため、周囲から心無い言葉を掛けられ育ってきた。物静かで穏やかな気質の持ち主。

★セザール・ダル

エテェネル国の王弟。褐色の肌の美男子。

★アン・シェリー

カタリナ付のメイド。
カタリナが八歳のときから仕えている。

乙女ゲームの悪役令嬢

OTOME GAME NO HAMETSU FLAG SHIKANAI

カタリナ・クラエス

クラエス公爵の一人娘。きつめの容貌の持ち主(本人曰く「悪役顔」)。前世の記憶を取り戻し、我儘令嬢から野性味あふれる問題児(?)へとシフトチェンジした。単純で忘れっぽく調子に乗りやすい性格だが、まっすぐで素直な気質の持ち主。学力と魔力は平均かそれ以下くらいの実力。魔力は土。

ニコル・アスカルト

国の宰相であるアスカルト伯爵の子息。人形のように整った容貌の持ち主。妹のソフィアを溺愛している。魔力は風。

ソラ・スミス

魔法省に勤める、火と闇の魔力を持つ青年。ゲームの続編の攻略対象。カタリナを気に入っている。

★ラーナ・スミス

魔法道具研究室の部署長。カタリナの上司。有能だが変わり者。

★サイラス・ランチャスター

魔力・魔法研究室の部署長。真面目で堅物。ゲームの続編の攻略対象。

★ラファエル・ウォルト

魔法省に勤める青年。穏やかな性格の持ち主で有能。

★デューイ・パーシー

飛び級で一般の学校を卒業し魔法省に入った天才少年。ゲームの続編の攻略対象。

★ポチ

闇の使い魔。普段はカタリナの影の中にいる。

★リアム

孤児の少年。ソルシエにある孤児院で暮らしている。

イラストレーション◆ひだかなみ

乙女ゲームの破滅フラグしかない悪役令嬢に転生してしまった…10

I was reborn as a villain daughter

第一章　魔法省の日々

暖かな午後の昼下がり、魔法省の一室で何冊も辞典を並べて開きながら、私、カタリナ・クラエスはひどい睡魔と戦っていた。

興味のない座学は苦手で魔法学園時代もよく眠くなった……いや、本当はこっそり寝てる時も多々あった。

特にお腹《なか》の満たされた暖かい午後なんて、起きているだけで大変だった。

魔法道具研究室の雑用で省内の掃除などで身体《からだ》を動かすことができていれば、ここまで眠くはならないのだけど、今の私の仕事はこのやっかいな書（闇《やみ》の契約の書）の解読なのだ。

うぅ、この時間に、難解な解読仕事はつらい。

ほんの最近までは任務で港町のウェイトレスをして動き回っていたから、こんな眠気に襲われることもなかった。ああ、体を動かせる仕事が恋しい。

そんな風に思いを馳《は》せるが、この目の前の仕事を片付けねばどうにもならないことはわかっている。

とにかく、まずはこの眠気をなんとかしなければならない。

よし、何か眠気が覚めるようなことを思い出さなくては、なんかないだろうか。

試しにお母様の怒った顔を思い出してみよう！　あの恐ろしい般若《はんにゃ》顔で目が覚めるかも……

ああ、駄目だ。思い出してももう見慣れすぎててなんともない。慣れとは恐ろしいものだ。

他《ほか》に何か目が覚めること……そうだ！　待ち受けているかもしれない破滅について考えよう。

それなら、さすがに目が覚めるはず！

そう、実は私の未来には破滅フラグが待ち受けているのだ！

すべての始まりは八歳の時、お城の庭で転んだことがきっかけだった。

転んで頭を打った拍子に私は前世の記憶を思い出してしまった。それは日本という国でちょっぴりオタクな女子高生として生きていたというもの。

記憶を思い出したことで、八歳の我儘《わがまま》令嬢だった私はだいぶ変わったのだが……それ以上に大変なことに気付いてしまったのだ！

それは、いま生きているこの世界が前世で亡くなる直前にやっていた乙女《おとめ》ゲーム『FORTUNE・LOVER』の世界であるということだった。

それだけならば、さほど大きな問題とならなかったのだが……なんと私、カタリナ・クラエスはゲームに登場する向かう先は破滅しかない悪役令嬢だったのだ！

攻略対象に付きまとい主人公との仲を邪魔して破滅するだけの悪役に転生、気が付いた時にはそれは焦ったものだ。

だが、私はなんとか破滅を回避してみせると、魔法学園に入学しゲームが始まるまでの七年間、様々な対策を考え努力を重ねた。その結果、見事に破滅の危機を乗り越えたのだ。

これでもう安心して暮らしていける。将来も安泰だ。

そう思っていたのに……仲良くなったゲームの主人公マリアと共に魔法省という国の組織に入省した私はそこで新たなゲームが始まったことを知ってしまった！

『FORTUNE・LOVER』の続編、『～魔法省での恋～』。主人公はそのままに新たな攻略対象も加わるそのゲームで、カタリナ・クラエスが再び悪役として返り咲いていたのだ！

そしてまた待ち受けるのは破滅のみという悲しい未来。

努力を重ね、苦労してやっと破滅を乗り切ったというのにせつなすぎる。

せっかく破滅を乗り切って、椅子《いす》にのんびり座って猫を膝《ひざ》に乗せてなでなでする素敵な老後を迎えられると思ったのに……いや、ゲームに、制作スタッフに負けてなるものか！

今回も必ず破滅を乗り切ってみせる！　そして今度こそ平和に暮らすのだ！

私はそう誓った。

そしてどういうきっかけなのかはわからないが、たまに見ることができる前世の友人がゲーム続編をプレイしている夢と、誰《だれ》が書いたかはわからないが、日本語で書かれたゲーム情報のメモを頼りに破滅回避のために色々と模索を始めた。

なんだけど……なんか全然、上手《うま》くいっている気がしないのよね。

私はチラリと自分の影に目をやった。そこには闇の使い魔である子犬（大きくもなれる）ポチが住んでいる。そして目の前に広げている『闇の契約の書』。

このラインナップはもう完全に悪役のやつだ。現に夢で目にしたゲームの中のカタリナはポチを従わせ、『闇の契約の書』を片手に高笑いをしていた。

これはゲームの強制力？　なんだかこのまま本当に悪役にされそうで怖いわ。

ん、というかあのゲームのカタリナ、『闇の契約の書』を持って高笑いしていたってことは古字で書かれた契約の書が読めているってわけ？

ゲームのカタリナなんて私以上に勉強もしないでジオルドの後ばっかり追い回してばかりいたくせにして私より優秀だというの⁉　まさか、そんな……。私はなんとも言えぬショックを受けた。

「……カタリナ様、大丈夫ですか？」

「はっ！」

ショックで固まっていた私はマリアの声で正気に戻った。

「あの、なんだかつらそうなお顔をされていたので……もしかしてお腹が空《す》きましたか？」

心配そうに私を見つめる金色の髪に青い瞳《ひとみ》の友人は、今日も今日とて美しい。

「ううん。大丈夫よ。ちょっと考え事をしていて煮詰まってしまっていただけよ」

「考え事……契約の書のことですか？」

あ～、そうだよね。普通に考えたらそうだよね。契約の書を広げて考え事をしていればそう思うよね。

まさかゲームのカタリナと自分を比べて自分の方が、出来が悪いみたいでへこんでたとは思わないよね。というかそもそもそんなことは言えないので、

「え、あ、そうなの。契約の書の解読がね。なかなか進まないから」

と答える。

まぁ、実際それも嘘《うそ》ではない。

元々、あまり勉強が得意ではない私は魔法学園で習った古字をテスト終了と共に綺麗《きれい》さっぱり忘れてしまったのだ。

よってこの目の前に広げた所有者だけが読めるという古字で書かれた契約の書がまったく読めないのだ。

ちゃんと学園で古字を勉強し、覚えているマリアでも自身の『契約の書』に書かれている文字が、習ったものよりもさらに古いタイプのもので、文法も難しいと苦戦しているのに、そもそも古字が読めない私がこの書を読み解こうというのは至難の業なのだ。

しかも面倒なことに書にかけられた魔法で書き写すことすらできないので、他の賢い人に協力も頼めない。

そんな事情もあり、書の解読はとても難航していた。

間に近隣会合やら、特別任務やらと色々と間が空いたのもあり、未《いま》だに解読できたのは長い注意書きの部分と、人の心を操る魔法である基本部分だけだ。

「マリアの方はどう？　どのくらい進んだ？」

私の横で正統派主人公として『光の契約の書』を解読するマリアにそう尋ねれば、

「……え〜と、少し読み進めることができましたが、そこは今使える魔法を大きくできるというものでしたので新しいものはありませんでした」

と答えが返ってきた。

マリアは古字に苦戦し注意書きゾーンから抜け出せない私と違い書の中からすでにいくつか新しい魔法を解読し、発動してみたりしていた。

「へぇ～、今使えるのを大きくするとかもあるんだね」

新しいものが載っているだけじゃあなかったんだ。

「はい。治癒《ちゆ》の魔法なんかも威力を上げられそうです。そうすればもっとお役に立てるかもしれません」

ニコニコとそう言うマリアの後ろから光がさしているような気がする。まさに正統派主人公そのものだ。

「カタリナ様の契約の書にもきっとそのような魔法を強くする方法が載っているのかもしれないですね」

「う～ん。そうなのかしら」

なにせ全然、読み進められてないからわからないな。

でもって私の方の書は『闇』だからな。ゲームでは悪役が持ってた悪のアイテムだからな。人の心を操る魔法って果たして人の役に立てるのか……ん、人の心を操る魔法？

「あっ、よく考えたら、私ってそもそも闇の魔法が使えないわ！」

魔法を大きくできる以前の問題に気が付き、私は椅子から立ち上がり叫んでしまった。

「え、でもカタリナ様には闇の使い魔のポチちゃんがいるのでは？」

私の叫びにマリアが目を丸くしてそう言った。

「あ、うん。確かに影にポチがいるけど、それだけで、他の闇魔法は一切使えないから」

それにポチだって呼んで出てきてくれる時と、そうでない時があるから……あ、そう思うと果たしてそれは使い魔と呼ぶのか、もしかして私ってポチにとってただの住処《すみか》（影）提供者的な存在なだけかもしれない。

そうすると私って闇の魔法は使えないことに……ただ闇の使い魔に影を貸しているだけの人なのではないだろうか。なんか色々と混乱してきたぞ。

「……え～と、私はカタリナ様が闇魔法をあえて使わないと思っていたのですが……その、使えないとなると……契約の書の魔法を読み解いても使えないかもしれませんね」

マリアが考え込むようにそう口にした。

いや、まさにその通りじゃないか！　せっかく頑張って読み解いても使えないなら意味ないじゃないか、無駄な努力になるじゃん。

こんなに苦労して無駄な努力で終わるなんて嫌だ～～～！！！　と頭を抱えていたら、がちゃりとドアが開いて見慣れた顔が入ってきた。

「調子はどうだ？　ん、何を難しそうな顔をしているんだ」

私の直属の上司であるラーナはいつもの調子でそう言った。

そんなラーナに私はまさに今、発覚した問題を告げた。

「――――という感じで契約の書を読み解いても意味がない可能性が出てきたんです」

私が人差し指を立ててそう告げると、ラーナはうむと頷《うなず》き、

「どうやらカタリナ嬢の中では大発見なようだが、そのことはこちらでは想定内だ。むしろ君が闇の魔法を使えないことはポチの実験の時にはわかっていたのでな」

「え、そうなんですか!?」

「実験の時にそのあたりの質問などもされただろう」

「そ、そう言われればされたような～」

あの時はなんか色々あって怒濤《どとう》のような日々だったので詳しくは覚えていないけど、言われてみればそうだった気もしてきた。

「カタリナ嬢は闇の使い魔を影に宿しているが、闇の魔法は使えないというのが私たちの見解だ。だから契約の書を読み解いて新たにわかったことは文献として残して、試しても問題なさそうなものは実際に闇の魔力持ちのソラにやってもらおうと考えているので大丈夫だ」

「あ、そうだったんですね～。よかった～」

ならこの作業も無駄にはならないな。

それを聞いて私はすっかり安心したのだが、横で話を聞いていたマリアが難しい顔をして口を開いた。

「あの、私は先ほどカタリナ様が闇の魔法を使えないと知ったので、ラーナ様たちのお考えも今、初めて知ったのですが……その、もしかしたら大丈夫ではないかもしれません」

「えっ！」

「どういうことだ？」

　マリアの発言に、私はポカンとなり、ラーナは険しい顔になった。

「その、読み解いた魔法は『こういう魔法があった』とは伝えられるのですが……どうもやり方を説明しようと思っても口にすることはできないようなんです」

　マリアは眉《まゆ》を下げ、ラーナは目を見開いた。

「なんとそんな現象があったのか！　そのようなことは今までの報告では上がってきていなかったが？」

「はい。今まではこのような魔法があるようですと報告をしているだけでしたので、方法については今度、光の魔力保持者を招集するのでそこで伝達してくれと言われていました」

「そうだな。我々が光の魔法を教わっても使えんからな。近々、光の魔力保持者を呼ぶと聞いていた」

　へぇ～、そんな予定があったのか。知らなかった。

「はい。なので、私もそのあたりのことは気にしてなくて。でもその時に備えて伝達しやすいようにまとめておこうと昨日、ペンをとってみたのですが、実際の使い方が何も書けなくて、もしかしたらと口に出そうとしてみたら、やはりそれもできなかったのです」

「昨日、わかったばかりなのか？　報告は？」

「はい。気付いた時点で、サイラス様に伝えています」

　さすがマリア、きちんとしている。

「そうか。それではまだ私のところに伝わってきてなかっただけか……会議をさぼってたからな」

ラーナ、最後にポツリと呟《つぶや》いたの聞こえてますよ。相変わらず自由だな。

「しかし、書くことも口にすることさえできないとは……つまり契約の書とは本当に契約した者だけにしか使えぬということなのだな。だから探しても文献がまったく出てこなかったのか。『契約の書』、実に面白く興味深いものだな。私も欲しいな。どうにかして手に入らないだろうか」

魔法オタクのラーナはそう言って目を輝かせた。

しかし、この話が事実ならば、

「……あの、それじゃあ、やっぱりいくら読み解いても私が使えないと意味がないのでは？」

私が恐るおそるそう言うと、ラーナは、はっとして、

「……もしかしたら、そうなるかもしれない」

とやや眉を下げた。

「そんな〜〜〜!!」

私は思わず絶叫した。

そして『すべては無駄だったのね』と頭を抱えた。

「いや、しかしどんな魔法があるかは知ることができるから、まったくの無駄というわけではないと思うぞ」

うなだれる私にラーナがそう声をかけてくれるが、それにしてもほとんどは無駄ということだよね。

ああ、これまでの頑張りも無駄に（ほぼ注意書きしか読めてないけど）と悲しみに暮れる私をさすがに可哀《かわい》そうと思ってくれたのか眉を下げたラーナが、

「うむ。とりあえず上やサイラスに確認してくるから、少し休憩して待っててくれ」

私の肩をポンポンとしてそう言うと、部屋を出ていった。

なんだかどっと疲れた気がして私はばたりと机に突っ伏した。

すると追い出したはずの眠気が再びやってきた。休憩していいと言われたので今度は抗《あらが》わないことにしてやった。

「……カタリナ様」

気遣うマリアの声が聞こえてきたので、私は、

「マリア、私、眠くなったから少し寝るね……」

そう言い残して夢の中に落ちていった。


薄いピンク色の壁に黒いテーブル、パイプベッドには水色のカバー、ベッドの上には青いクッション。

最近の夢で見慣れた風景になってきたここは前世の親友あっちゃんの部屋だ。

やったわ。またこの夢を見ることができた。

魔法省に入省してからたまに見ることができるようになった夢。

この夢の中ではあっちゃんが私がやることができなかった『FORTUNE・LOVER Ⅱ』をプレイしてくれているのだ。

Ⅱをやっていない私にはこれからくるかもしれない破滅を乗り切るための情報が圧倒的に足りない。

今のところわかっているのは、Ⅱからの新たな攻略対象ソラ、サイラス、デューイとマリアの恋を邪魔する悪役としてカタリナが登場し、そこで待ち受けるのはハッピーエンドで投獄、バッドエンドで死亡という悲しすぎる結末を迎えるということだけだ。

そのような悲惨な結末を回避するためにも少しでも多くⅡの情報を手に入れなければと私は気合を入れた。

すぐにあっちゃんがゲーム機にディスクを入れ、テレビ画面にゲームのオープニングが流れ始める。

ありがとうあっちゃん、今日もぜひ役に立つ情報をお願いね。私は画面を真剣に見つめる。

曲と共に見慣れた双子の王子と義弟、魔性の伯爵の姿が映る。ⅡではⅠの攻略対象との仲を進展させるという展開もあるらしい。

そして続いてⅡからの新しい攻略対象であるサイラス、デューイ、ソラの姿も流れる。

前世では見慣れた乙女ゲームのオープニング画像だが、改めてこうして知っている皆をテレビ画面で見るってなんだか不思議な気もする。

オープニングは一度見たらその後はだいたい飛ばす派のあっちゃんだが、今日はなにやら下の方でがさがさとお菓子を開封しているため流しっぱなしだ。

あっ、開けてるのポテチだ。懐かしいな。美味《おい》しそう……じゃなくて、私は画面を見なければ！

オープニングは登場人物が出た後にはスチル画像と思《おぼ》しき映像が流れる。

うむうむ。おお、このサイラスとのやり取りはサイラスの畑を見つけた時に見たやつだな。

こちらのデューイのものは見たことがないな。これからあるイベントか何かかな。

このソラの海がバックの風景は最近、見たような気がする。

ん、これはこの間のオセアンの港で見た風景じゃない。やっぱりこれもイベントだったんだな。

ああ、じゃあ、またイベントの邪魔をしてしまったということなのかしら、これじゃあ、本当に悪役になりそうだ。

そんなことを考えながら画面を眺めていると、二つの黒い影が現れた。影の下には？？？と並んでいる。

おお、これはIでもあったやつだ。確か、隠しキャラがいるよという伏線だった。

結局、Iでは攻略対象を全部落とせずに、隠しキャラまでたどりつけなかったから、こちらに来てラファエル（当時はシリウス）がそうだとわかった時はびっくりしたんだよな。

そうか～、Ⅱでも隠しキャラがいるのか、影が二つだから二人ってことかな。そうかそうか……って呑気《のんき》に納得している場合じゃない！

隠しキャラまでいるのかい！　誰、誰なのよ！　カタリナの破滅には関わりがあるのどうなの!?

ラファエルの時のバッドエンドが皆、全滅というかなりまずい感じだったのだけど……今回はどうなんだ！　大丈夫なの？　いや～、教えてあっちゃん！

私の声にならない声が届いたのかあっちゃんがコントローラーを手に呟いた。

『よし、もう少しで隠しキャラも攻略成功だな』

おお、隠しキャラの攻略！　これで隠しキャラがわかる。ありがとうあっちゃん。

あっちゃんがコントローラーでゲームを操作する。ゲーム画面のＬＯＡＤが選択され、映像が移しだされる。

『マリア、俺《おれ》がお前を守ってやるよ』

画面に映し出されたのはそんな口説き文句で、あっちゃんは名前変更をしない派だったなと一瞬思いつつ、その台詞《セリフ》を口にした人物に目をやると……そこには私のよく知る人物が映っていた！

なんでこの人が、いや似てるだけの別人？

でも台詞の上の名前は『セザール・ダル』と書かれている。これは間違いなく、セザール本人であるようだ。

えー、まさかのセザールも攻略対象！　他国の王子様なのに、どうして、どこで出会いとかあったのよ……あ、近隣会合の時か、あれも確かイベントだったみたいだからそのあたりかな。

あとはオセアンにもいたし、あれもイベントだとすると攻略対象というのも頷ける。

でも、マリアとセザールって面識あったのかな。話をしているの見たことないけど。

私がグルグル考えている間にもあっちゃんはゲームを進めていく。

『セザール様、私は守られるだけは嫌です。私も大切な人を守りたいです』

画面の中のマリアがそう口にする。

ああ、やっぱりここに映っているのは私の知っているマリアなんだ。可愛《かわい》い女の子だけど、でも守ってもらうだけじゃない心の強さも持った女の子。

『ああ、お前はそういう奴《やつ》だな。じゃあ、いざとなったら共に戦おう』

セザールが八重歯を見せてにっと笑った。

私も、マリアはそうなのよ、そういう子なのとうんうんと同意する。

すると不穏な音楽が流れ、画面が薄暗くなった。そして、

『あら、ようやく見つけた。探したのよ』

その台詞とともに現れたのは黒いフードの女だ。名前は？？？　となっている。

突然、現れた怪しすぎる黒いフードの女に、マリアとセザールは怪訝《けげん》な顔になる。

『あなたは一体？』

『お前、何者だ？』

二人にはこの女が何者かはわからないようだが、私は前に見た夢とメモによってすでに彼女の正体がわかっている。よーく知っている人物だ。

『あら、そちらの男性はともかく、マリアさんとは何度もお話したことがあるのに、忘れてしまったのかしら？』

『……誰ですか？』

不穏な空気を纏《まと》う女にマリアがややたじろきながら問うと、

『あら、忘れてしまうなんてひどいじゃない』

そう言って女がフードを取った。そして現れた顔は――――。

『……カタリナ・クラエス様』

マリアが呆然《ぼうぜん》としながらそう口にする。

『お久しぶりね。マリア・キャンベルさん』

カタリナは口の端を持ち上げ不敵に微笑《ほほえ》んだ。吊《つ》り上がった目に引き上げられた薄い唇、まさにザ・悪役の出《い》で立ちだ。

『……クラエス様は国外へ行かれたとお聞きしたのにどうして……』

『そう、あなたのせいで国外に追放されてしまった……でも戻ってきたのよ』

戻ってこなくていい！　私は画面の向こうに心の中で全力で叫んだ。

せっかく国外に追放されて身分もなくなったんだから、そのまま隣国のシャルマで農民になればよかったのよ！　米も食べれたし、楽しく暮らせたはずよ！

そんな私の全力の叫びもゲームの中のカタリナに届くわけもなく……。

『あなたに復讐《ふくしゅう》するためにね』

にやりと笑うカタリナに怯《おび》えるマリア。

そしてセザールがマリアを庇《かば》うように前に出た。

『悪いがこいつは俺のだ。傷一つ付けさせんぞ』

『ふっ、闇魔法使いになった私にあんたのような余所者《よそ》が敵《かな》うと思っているの。出てきなさいケルベロス』

カタリナがそう叫ぶと、その影の中から、巨大な狼が出てきた。と画面には表示されたが……え、ケルベロスって巨大化したポチのこと？

驚愕《きょうがく》する私に、あっちゃんの声が聞こえてきた。

『よし、あとはここでカタリナを倒して役人に差し出せば、攻略成功ね』

な、なんですと〜〜！　カタリナ、ここで倒されるの!?　それと……。


「……名前、ケルベロスって何〜〜〜〜！」

そう叫んでガバッと起き上がると、そこには目を真ん丸くしてこちらを見つめる三人の美少女がいた。

「あの、カタリナ様、大丈夫ですか？」

突然、謎《なぞ》の叫びをあげ飛び起きた形になった私に、マリアが心配そうに口を開いた。

「え、あ、うん。大丈夫よ」

夢の衝撃でものすごく混乱していたが、皆の驚いた顔で少し正気に戻った。

すごい夢を見て考えることは盛りだくさんだが、今はまず目の前の事態に対応せねばならない。

「あの、今のは一体?」

困惑した顔のソフィア。

「あの、ケルベロスとは?」

不思議そうなメアリ。

「え〜と、少し変な夢を見てよくわからないことを叫んじゃったみたい。その……意味はないのよ。あははは」

夢の内容を話すわけにはいかないし、この混乱した頭でいいごまかしも考えつきそうになかったので、笑って適当にごまかすが、不思議そうな顔の二人。

そりゃあ、そうだよね。でも話せないものな。仕方ないので無理やりに話題を変えることにした。

「え〜と、それより二人はなんでこんなところにいるの?」

魔法学園ではずっと一緒だったメアリとソフィアだけど、二人は魔法省には入らなかった(むしろ貴族の令嬢で魔法省に入っているほうが稀《まれ》なんだけど)なので今、ここにいるはずはないのだ。

「今日はメアリ様と一緒に魔法省のお手伝いの日だったんです。それでカタリナ様のところに少しだけ寄ってみようということになって」

かなり無理やりな話題転換だったがソフィアはあっさりそれに乗ってくれ、メアリも、

「それで来てみたのですが、カタリナ様が疲れてお休みになっていたのでお目覚めになるまで待っていたのですわ」

そんな風に付け足した。うん。なんとか叫びの件をうやむやにできたので、私はほっとしつつ口を開いた。

「ああ、そうだったの、今日はお手伝いの日だったのね」

魔法省に入省こそしなかったメアリとソフィアだが『貴族令嬢としての見識を広げ、今後に役立てたい』と月に何度か都合のつく日に魔法省の手伝いを買って出ているのだ。私だったらお休みはダラダラ寝ていたいのに、友人たちは本当に立派なんだ。誇らしい。

「せっかく来てくれたのに、寝っててごめんね」

そう言うと、メアリはにっこりして、

「いえいえ、久しぶりにカタリナ様の寝顔を見ることができてむしろ良かったくらいですわ」

そんな風に言いソフィアもニコニコ頷いた。

私に気を使わせないようにそんな風に言ってくれているのだろう。私の友人は立派なだけでなく優しくもあるのだ。

「今日のお手伝いはもう終わったの？」

そう尋ねるとソフィアが答えてくれた。

「はい。簡単な書類の整理だけでしたので今日はもう終わりで、これで失礼させてもらうつもりです」

「そっか、もう帰るんだ。少し前まではずっと一緒だったのに最近はあんまり会えないね」

寮生活を送っていた魔法学園時代は、ほとんどの時を友人たちと一緒に過ごしていた。

だけどこうして魔法省で働き始めて会える時間はぐっと減ってしまった。それは仕方がないことだけど、

「……寂しいな」

思わずポツリと出てしまった言葉にメアリがかっと目を見開き、

「私、カタリナ様のお仕事が終わるまでここで待っていますわ。なんでしたら、そのまま一緒にお泊まりします！」

と前のめりで宣言してくれた。

「え、あの、メアリ、そこまでしてもらうのは申し訳ないから」

あまりの友人の勢いにやや後退しつつそう答えると、

「メアリ様、落ち着いてください。カタリナ様が引いてます。それにメアリ様はこれから用事があるとおっしゃっていたではないですか」

ソフィアがそう言ってメアリを元の位置へ引っ張りメアリはなんだか悔しそうに頰《ほお》を膨らま

せて、

「くっ、そうでしたわ。カタリナ様に比べたら、大した用事ではないのに……」

そんな風に呟きながら、戻されていった。

令嬢の中の令嬢と言われるメアリだが、私たちの前ではこんな風に子どもっぽくなることもある。

それはきっと気を許していてくれるからこそで、なんだか微笑ましい気持ちになる。

そんな気持ちでメアリを見ていると、今度はソフィアも
「……私たちもちょうど先ほど会える時間が減って寂しいですねと話していたところだったのです。さすがに今日このままずっと一緒にはいられませんが、休日が合ったら一緒に過ごしてくださいな」

眉を下げてそんな風に言ってきた。

皆、同じ気持ちだったんだ。

そう思うとなんだか照れくさくてそれでいて嬉《うれ》しくなった。

「うん。一緒に過ごそう」

次に休みの合う日は皆で遊ぼう！

マリアも加わって、私たちは皆の休みが合う日には『お茶会をしよう。連休が取れればお泊まり会も』と話をし、メアリの用事の時間になってしまった。

ちなみにメアリはこれからアランが頼まれている演奏会の手伝いだそうだ。

先ほど「大した用事ではない」とか呟いてたけど……大した用事だよ、メアリ。行ってあげて婚約者であるアランの元へ。

そんな風に言ってメアリとそしてソフィアを送りだすと、ほとんど入れ違いに、ラーナがサイラスと共に戻ってきた。

魔法省の花形である魔力・魔法研究室の部署長であるサイラスはクールビューティーな美形でⅡの攻略対象でもある。

見た目はクールで優秀な上司そのもののサイラスだが、その中身は若い女性との話し方がわからず、趣味は畑を耕すことという純朴《じゅんぼく》青年なのだ。そして私の畑仕事の師匠でもある。

そんな師匠サイラスは、私たちの前に立つとどこか重々しく口を開いた。

「カタリナ・クラエス、『闇の契約の書』、解読ご苦労。実は君に追加で頼みたい仕事が増えたので、伝えに来た。君には契約の書の解読と並行して闇の魔法を習得してもらうことになった」

「闇の魔法の習得ですか！」

「ああ、今回、マリア・キャンベルの気付きによって契約の書を読み解いて使える者はその契約者のみであることがわかった。そのため今後の研究のためにも、カタリナ嬢に害のないものを多少は使えるようになってもらいたいとの上からのお達しだ」

ああ、マリアの話を聞いた時からなんとなくそんな風になるような気もしてたけど、やはりこうなってしまうのね。

もう解読だけでもいっぱいいっぱいなのに、さらに魔法の習得とか、かなりきつい。

だけど、魔法省職員として上からのお達しを断るわけにもいかないので、

「……はい」

としぶしぶ頷く。

私のそんな様子を見て、サイラスはいつも通りの顔に見えるが、やや眉を下げ申し訳なさそうにしてくれている（畑付き合いが長くなったのでわかるようになってきた）が、ラーナときたらわくわくわくした様子で「使えるようになったら私にかけてみてくれ」なんてことを言っている。さすが重度の魔法オタクだ。

しかし、それはさすがに駄目だと思う。

「……でも闇の魔法なんて誰に習えばいいのか……」

唇をつき出して、そう愚痴った私にラーナがきょとんとした顔で言った。

「何を言っているんだ。現時点で、魔法省で実際に闇の魔法を使うことができるのは一人だけじゃないか、もちろん彼から習ってもらうぞ」

「あ、そうでした」

後天的にしか手に入れることのできない闇の魔力、禁忌とされるそれを持つ者は多くない。

かつては私の学園の先輩であるラファエルもその力を手にしていたが今は失っている。

現在、魔法省にいる闇の魔力保持者は、偶然に闇の使い魔を手にしてしまった私と、ソルシエ貴族に雇われてほぼ無理やり闇の魔力を持たされてしまった同僚のソラだけなので、必然的

に教えてもらうとしたら彼からになる。

　そして、私は闇の魔法の使い方を教わるべくラーナたちの手引きの元で、同期の同僚でⅡの攻略対象でもあるソラの元へと向かった。


　私に闇の魔法を教えるために準備されたという部屋へ向かうとすでにソラが待機していた。

ソラの元へ行って、

「よろしくお願いします」

と声をかけると、ソラは少し眉を下げ、

「はい」

と返事をした。

　普段はもっと気軽に声をかけてくれるソラだけど、サイラスがいるので畏《かしこ》まった態度を取っているようだ。

「闇の魔法の使用は表向き禁じられているので、ここでは魔法道具研究室の仕事をしているということになっている。またあくまで使い方を教えるということで相当な理由がなければ実際に使用はするなということだ」

　サイラスがそのように説明し、

「すまない。他にも仕事があるので失礼する。また様子を見に来る」

と言い残し足早に部屋を去っていった。

魔力・魔法研究室の部署長で魔法省の幹部でもあるサイラスは抱える仕事の量も多くいつも忙しそうだ。

それでもその忙しい合間を縫って畑仕事にも精を出しているので本当にすごい。見習いたい。

「よし、じゃあ、さっそく使い方を教えてくれ」

そう言ったのは魔法を習う私ではなく、なぜかラーナである。

目をキラキラさせて実に楽しそうだが……ラーナは魔法道具研究室の部署長であり、魔法省の幹部でもある。立場的にはサイラスと同じなので仕事量は、とても多いはずだ。

「あの、ラーナ様は、お仕事は大丈夫なのですか？」

私がそう声をかけると、ラーナは、

「ああ、優秀な部下たちに任せてあるから大丈夫だ」

といい笑顔で返してきた。

私の脳裏に目の下に隈《くま》をがっつり作った先輩たちの姿がよぎり、せつない気持ちになったが……このキラキラした目の上司を仕事場へ帰すのはとても無理そうなので『ごめんなさい』と心の中で謝罪した。

「え〜と、じゃあ、始めますか？」

サイラスがいなくなって魔法道具研究室の馴染《なじ》みのメンバーだけになったので、ソラの口調がかなり砕けたものに戻る。

ラーナもかなり偉い立場なのだが、そういうのをまったく気にしない人なので。

「おう。頼む」

なぜかまたラーナが元気よく返事をした。

「あ～、闇の魔法の使い方は――こう手のとこにぐっと集めて、しゅっと出す感じだな」

ソラはそう言って右手をつき出した。

その様子はどうやら魔法を使っている様子を再現しているようだが、

「ごめん、ソラ、まったくわからないわ」

私はすんとした顔でそう返した。

元々、あまり賢くもないけど、それにしても『ぐっ』として『しゅっ』なんていう音だけでは、まったくわからない。

「あ～、これまで人に魔法の使い方を教えたことなんてなかったからな」

ソラが困ったという風に頭を掻《か》いた。

今、この周辺の国々で魔力という不思議な力を持つ者は、ほとんどがソルシエの貴族階級の人間だ。他国ではほとんど生まれることがない。しかし、それでもゼロではなく、ごく稀に存在する。ソラはそういった人物の一人だ。

ソルシエでは魔力が発動した子どもは国に報告し、十五歳になると魔法学園という学び舎《や》に二年間在籍してその使い方を習うのだ。

しかし、ソラはそのように魔法を習える環境にはなく、周りに魔法を使う者が誰も存在しない中、使えた火の魔法は偶然、できるようになったというものだ。

「君は、闇の魔力を宿された時、どうやって使うと教えられたんだ？」

ラーナがそうソラに助け船を出したが、

「ああ、あいつらは魔力だけ入れ込んだら『もう使えるだろう。使ってみろ』って言うばかりで使い方なんか知らなかったみたいです。あんまりうるさいんで火の魔法を使う時みたいに、なんとなくやってみたら使えたって感じですね」

なんとなく煮え切らない答えだった。

「う～ん。ならば、カタリナ嬢も土の魔法を使うようにしてみればいけるのか。どうだ、カタリナ嬢？」

ラーナに言われて、私はう～んと首をひねった。

土の魔法を使うようにと言われても、

「私、土の魔法を使う時は土に向かってぱっとして、しゅっとするんですけど……この部屋には土はないからどうすればいいのか？」

私がそう言うと、ラーナは、

「そうだな。土の代わりにそのあたりの書類にでもぱっとしてしゅっとしてみてくれ、もしかして闇の魔法で何か起こるかもしれない」

そんな適当なことを言ってくれた。

でも、とりあえずものは試しということでやってみたが……残念ながら、何も起こらなかった。

それでも、もしかしたら何か変化があったのではないかとじっと目を凝らしても見たが、やはり何もなかった。

「……駄目です。何も起こりません」

「やはり難しいか。そもそも他の魔法と闇の魔法はどうやって使い分けるんだ」

ラーナの問いにソラが答える。

「ああ、火の魔法の時はこうしゅっという感じで、闇の魔法はこうしゅっという感じですね」

いや、どっちも『しゅっ』じゃないか、まったくわからない。

私と同じような気持ちになったのかラーナも、

「ソラ、擬音だけではわからん。もっと上手く説明してほしいのだが」

そう言った。

「俺、魔法の使い方の説明なんてしたことなかったもんで……ラーナ様はどんな風に魔法を使うんですか？」

ソラにそう問われたラーナは「うむ」と口に指を当て考え、

「魔法はこう『ふわっ』と使う感じだな」

と答えた。

「……ってラーナ様も擬音じゃないですか！」

私が思わず突っ込むと、やや気まずそうな顔をしたラーナから、

「しかし、カタリナ嬢、君の説明も擬音だったぞ」

と指摘された。

はっ、そうだったかも！　私たちはなんとも気まずい雰囲気で顔を見合わせた。

「……このメンバーで、魔法を教え合うのは厳しいな」

ラーナの意見はもっともだった。

ソラはそもそも魔法自体をそんなに使ったことがない。私もほとんど使えないので同じ。ラーナは使えるけど、ほとんど自己流で感覚的。

これは、このメンバーで教え合うのは難しい。

もっと理論的に人にきちんと教えられる人がいてくれればな。そんな風に思った時、部屋の扉がノックされた。

「どうぞ」

とラーナが許可を出すと扉ががちゃりと開き、

「やっと見つけましたよ、ラーナ様、早く書類にハンコを押してください」

そう言って疲れた顔をしたラファエルが入ってきた。フラフラしてばかりのラーナに代わり副部署長として魔法道具研究室を回しているラファエルの顔はいつも疲れている。

「うむ。わかった。――」

ラーナはいい返事をした後、なぜかじっとラファエルの顔を凝視していた。ラファエルは怪訝な顔になる。

「――闇の魔力を知っていて、なおかつ人に教えるのも上手い。おお、完ぺきな人材がいたじゃないか」

ラーナはそう言って目を輝かせ、見つめられたラファエルの顔がはますます怪訝なものになった。


「――ということでラファエル、カタリナ嬢に闇の魔法を教えてやって欲しい」

ラーナがこれまでの経緯を説明し、そう締めくくった。

話を聞いたラファエルは少し考え込んで、

「僕も闇の魔法に関しては自己流で使っていたので上手く教えることができるかわかりませんが、それでもいいのなら引き受けます。ただ……」

「ただ、なんだ？」

口ごもったラファエルにそう声をかけたラーナに、ラファエルが眉をきゅっと上げた。

「そうすると魔法道具研究室の業務が大きく滞ってしまうので、ラーナ様にはきちんと部署で仕事をしてもらう必要がありますが、よろしいですか？」

「うっ、せっかくの闇の魔法について、聞いたり見たりできると思ったのに……」

ラーナは、それはせつない顔をしたが、

「仕方ない。カタリナ嬢の闇魔法習得は上からの指示でもあるからな……しかし、後から少しでいいから見せてくれ」

としぶしぶ了承した。

　ちなみに今日はもう終業時間が近かったのと、今日中にしておかなければならない仕事がラファエルにまだたくさんあるとのことで、闇の魔法の練習は明日からということになった。

　そして、ラーナはラファエルに引きずられ部署へ、私はソラに送られ、馬車が迎えに来ている門へと向かった。

「なんか今日は悪かったな。ちゃんと教えてやれなくて」

　歩きながら、ソラがそんな風に言ってきた。

「ううん。私も魔法を教えろとか言われてもできないし、そういうのは向き不向きがあることだから」

「ああ、そうだな。俺も人に教えるって柄《がら》じゃないからな。元々、勉強も好きじゃなかったしな」

「えっ、ソラは勉強好きじゃなかったの!?」

　なんでもこなす優秀なソラが、勉強を好きじゃないなんて発言したもので、私は驚きに目を見張った。

「ああ、興味があるもんには食いつくけど、興味がないもんにはからっきしやる気が起きなくてな」

「おお、私と同じね。私もそれでよく先生に注意されたわ」

　なんでもできる存在だと思っていたソラの意外な一面に親近感が湧《わ》く。

「ははは、あんたもそんな感じだよな。俺もよく勉強教えてくれた奴に注意されたよ」

「勉強を教えてくれた人？」

何気なく聞き返した言葉に、

「ああ、スラムにいた時に文字とか計算とか教えてくれた奴がいてさ」

そう返されて、ソラがエテェネルのスラム出身だったことを思い出す。

孤児でありスラムで生きていたソラは私たちのように学校に通っていたわけではないのだ。

それでこれだけ優秀なのだからソラは本当にすごい。

「へぇーどんな人だったの？」

なんだか昔を懐かしむような眼差《まなざ》しを見せたソラにそんな風に尋ねてみると、

「すげ～変わった奴だったよ。やることなすこと突拍子もなくて、ガキの頃《ころ》は異国から来た奴だから変わってるんだと思ってたけど、その後に、他の国を転々としてもあいつみたいな奴はいなかったな」

とても楽しそうに答えてくれた。その顔はとっても幸せそうだった。

「そっか、ソラはその人が大好きだったんだね」

私がそう言うとソラは「えっ」っと驚いた顔をしたので、私も驚いた。気付いてなかったんだ。ソラって意外と鈍感なところがあるんだな。

私はちょっぴり可笑《おか》しくなって笑いながら指摘した。

「だって顔に大好きって書いてあるよ」

その言葉に軽く目を見張った後、ソラはうつむいて、

「……ああ、確かに、そうかもな」

ぶっきらぼうにそう答えると、

「……それにしても恋愛面ではあんだけ鈍いのに、こんな時だけ鋭いってどうなってるんだ」

と何かをボソボソと呟いた。小声で聞き取れず、

「えっ、何、聞こえなかった」

と聞き返したが、

「何でもない」

とまた頭をぐしゃぐしゃにされたので、抗議の声をあげると、

「そう言えば、あんたにどことなく似てた気がするな」

ソラがクスクス笑って言った。

「えっ、その勉強を教えてくれた人と？　その人も悪役顔だったの？」

同じ悪役顔の系統だったのかと尋ねたが、

「悪役顔ってなんだそれは……というか顔とかじゃなくて、雰囲気がな」

との答えが返ってきた。

「雰囲気？」

「ああ、同じ変わり者同士だからかもな」

「え、私、全然、普通だと思うけど」

私は身分こそ高いがどこにでもいる平凡な女子だ。

ソラがなんとも言えない目を向けてきたけど、いや、本当に私は普通の女子だからね。悪役顔なのを除けばザ・平凡なのだ。

「でも、ソラが勉強好きじゃないって意外だと思ったけど、話を聞いたら興味ない勉強でそっぽ向いてる姿が浮かんでくるよ」

興味のない勉強が嫌でプイって横を向いている小さいソラの姿がありありと脳裏に浮かぶ。なんだったら居眠りもしてそう。

「ソラはいくつくらいの時に勉強を教えてもらってたの？」

小さいソラを思い浮かべたら、そんな疑問が浮かんできたので聞いてみると、

「さぁ、いくつだろうな。俺、物心ついた時から孤児だったから、自分の正確な年とかわかんねぇんだよな」

という答えが返ってきた。

「えっ、そうなの！　じゃあ、今いくつかも、生まれた日とかもわからないの？」

スラムにいたのは聞いていたけど、自分の年齢や誕生日までわからないとは知らなかった。

「ああ、何もわからねぇな」

ソラは気にした風もなくさらりと答えたけど、

「それじゃあ、お祝いができないじゃない」

私はソラの方へずいっと身を乗り出してそう言った。

「はっ、なんだお祝いって？」

「誕生日のお祝いよ」

「ああ、そうか、そういうのするとこもあるんだよな」

ソラは興味なさそうだが、私にとっては問題だ。

「ソラにはいっぱい助けてもらってお世話になっているから、誕生日にお祝いして感謝を伝えようと思っていたのに……」

聞き出したら、壮大なお誕生日会をしようと密《ひそ》かに思っていたのだけど、まさか知らないとは困った。

「……いや、祝いとかそんなのいいから」

「あ、そうだ！　知らないなら作ったらいいんじゃない。いい、ソラ？」

ナイスアイディアと思い、ソラに聞くと、

「はぁ」

とポカーンと口を開けお許しの返事がきたので、

「じゃあ、いつにする。いつがいい？」

と詰め寄って聞くと、ソラは私の勢いにやや後ずさりしつつ、

「いや、俺はそんな……」

何か言いかけたが、私がどうするどうすると見つめていると、

「……いつでもいい。お前が決めてくれ」

と言ってくれたので、

「えっ、私が決めていいの⁉　え〜と、じゃあ」

しばらく考えて、

「じゃあ、私とソラが初めて出会った日にしましょう。去年の学園祭の日。え〜と、確かあれは九月の終わり頃で、何日だったかしら？」

首をひねる私にソラがぼそりと、

「……二十五日」

と教えてくれた。

そっぽを向いたそっけない答えだったけど、ソラがあの日を覚えていてくれたことがすごく嬉しかった。

「うん。じゃあ、九月二十五日がソラの誕生日で決定ね。もうじきやってくるから、お祝いさせてね」

私はニコニコとそう言うと、ソラはそっぽを向いてまた私の頭をぐしゃぐしゃにした。

またかい！　と思ったが、ソラの誕生日が決まりそれをお祝いできる嬉しさでいっぱいだったので、そこは軽く流した。

そんなやりとりをしつつ、門へ到着すると、私は夕焼けに染まった真っ赤な顔のソラに見送られクラエス家への帰路へとついた。

馬車に乗り腰を下ろすと一息ついた。

なんだか今日は疲れたけど、でもソラの誕生日が決まって、お祝いができそうでよかった。

ふふふ、どんなお祝いしようかな～なんて、しばらくはお祝いのことを考えて浮かれていたけど、そういえば明日からラファエルから闇の魔法を教えてもらうということを思い出した。

大事なことなのに、すっかりお誕生日のお祝いに心が持っていかれていた。今はとりあえず明日のことを考えなくては。

ラファエルに教えてもらうのか。ラファエルには学生の時にも勉強を教えてもらったことがあるが、とても丁寧でわかりやすかったのを覚えている。なのでおそらく今日の私たちのような擬音だらけのどうしたらいいんだみたいな展開にならないと思う。

それにしても、闇の魔法の習得とかますます悪役に近づいていっている気がする。

Ⅱをしておらず、先の情報がわからないからこそより不安だ。

もっとⅡの情報を――――あ、そうだ！　昼寝で見たあの夢!?

あの後、久しぶりにメアリやソフィアと話してそのあとすぐに『闇の魔法を覚えろ』とか言われて、『とりあえず頭の隅に』と追いやってしまったら、そちらも今まですっかり忘れてしまっていた。

ああ、なんで私っていつもこうなんだろう。自分の駄目さ加減にへこみつつ、私は昼の夢をもう一度、頭の中で整理することにした。


議長カタリナ・クラエス。議員カタリナ・クラエス。書記カタリナ・クラエス。

『では、会議を始めます。本日は、まず昼間見た夢の情報を整理していきましょう』

『はーい。ポチの名前がまさかのケルベロスでした！』

『そうね。あんなに可愛いポチにケルベロスは似合わないよね。ケルベロスはないよね』

『……それは思いましたが……さほど重要ではないので今はいいです。もっと違う気付いたことをお願いします』

『はい。あっちゃんがポテチを開けて食べ始めてくれたお陰でⅡのオープニング画像全部を見られました』

『ああ、ポテチ、美味しそうだったね』

『そうですね。って今はそこもどうでもいいんです。オープニング画像を全部見れたことで、なんとⅡには二人も隠しキャラがいることがわかりました！』

『しかもそのうち一人はカタリナが仲良くなったエテェネルの王子、セザールだったのよね』

『ええ、まさかセザールが隠しキャラだったなんて驚きです』

『出会った時に攻略対象の皆に負けないくらいの美形と思ったけど……本当に攻略対象だったなんてびっくりだわ』

『ワイルド系イケメン枠ってところかしら、今までマリアの傍《そば》にはいなかったタイプだものね』

『そうね。そうなるともう一人の隠しキャラも今までいなかったタイプなのかも。誰なのかしら？』

『セザールとはもう出会っていたし、もう一人とも出会ってるんじゃない？』

『その可能性は高いですね』

『魔法省の職員かな？』

『う～ん。それだと魔力・魔法研究室の職員でしょうか？　あの部署は花形で優秀な人が多いですし』

『でもあそこにはサイラスとデューイがすでにいるから一か所に固まりすぎじゃない。もしかしてうちの部署かもよ』

『魔法道具研究室にですか？　おかしな人ばかりですけど』

『でもナルシスト先輩とかはそこそこ美形だけど』

『そこそこじゃあ、攻略対象にはなれないよ。他の皆みたいなすごい美形じゃなきゃ』

『でもうちの部署、すごい濃い化粧をしてたり、前髪で顔わかんなかったり、フードを深く被《かぶ》ってて顔が見えなかったり、なんだったらトップからして常に変装してるとか、素顔不明な人多いから、もしかしてすごい美形が隠れているかも。なんだったらタンクトップ先輩とかも変装しているかもしれないし』

『それを言い出すと全員可能性ありな気がしてきますが、そもそもその隠しキャラが魔法省にいるかどうかもわからないですからね』

『でもじゃあ、どこにいるの？　セザールが出てきてるならもう一人も、もう出てるんじゃない？』

『カタリナが接触していないだけで、マリアは出会っているかもしれないですよ』

『そっか、その可能性もあるんだね。そうなるともうわかんないね』

『そうですね。とりあえずもう一人の隠しキャラについてはマリアにも聞いてみるとして、もう一つ大きな事実が発覚したことをお忘れですか？』

『大きな事実？』

『ええ、あの時、セザールを攻略していたあっちゃんが言っていたでしょう『あとはここでカタリナを倒して役人に差し出せば、攻略成功』だと』

『『　!?　』』

『つ、つまりそれは、セザールの攻略にもカタリナが悪役で出てくるということで……』

『そうよ！　隠しキャラのどちらにも悪役として出てきて倒される可能性があるのよ』

『え、じゃあ、Ⅱでの新攻略対象全員分で、悪役として活躍してやっつけられるの!?　五人分で!?』

『Ⅰではジオルドとキースの攻略を邪魔するだけだったのに、すごい出世してる！』

『それは出世というのでしょうか……とにかくこのままではかなりの確率でカタリナの今後が危険です』

『Ⅱはやってないから展開も全然わかんないっていうのに、そんなに破滅フラグだらけでどうすればいいの～！　Ⅰの時と違って準備期間もほとんどないし……』

『と、とにかく倒されないように闇の魔法を使えるようになって応戦できればいいんじゃない?』

『え、応戦ってまさか……』

『……そう、マリアちゃんたちには悪いけど、闇で目くらましみたいな魔法で隙《すき》をついて、一目散に逃げさせてもらうわ』

『な、なんて卑怯《ひきょう》な手口! 悪役の風上にも置けませんわ』

『なんとでも言うがいいわ。私はとにかく逃げるわよ。逃げて逃げて目標地は農民を募集していそうな農地!』

『……まぁ、でもいまのところ、それしか対策はないですね。目くらましの魔法的なのを覚えて、あとはより早く俊敏に逃げるための練習をして、無事に農民として雇ってもらえるノウハウを勉強しましょう』

『『 異議なし! 』』


こうして今後の対策はまとまり、色々と考えた私はすっかり疲れていつものように帰宅まで睡眠をむさぼろうと思ったのだけど……すごく珍しいことに目が冴《さ》えて眠れなかった。

夢を思い出したら、あの画面に映ったマリアたちの言葉や表情なんかも思い出してしまったのだ。

マリアに他人行儀に呼ばれた名前、向けられた怯えたような表情。セザールの敵意にあふれた目。あれがカタリナに向けられたものだと思うと、ゲームの中とはいえ寂しく感じてしまった。

それに、明日から私は闇の魔法を習うことになった。

影にポチはいるものの闇の魔法は使えないし、なんやかんやでゲームのカタリナのようにはならないと楽観的に考えていた。

それがまさか上から使えるようになれと言われるとは……どんどんゲームの悪役通りになっていく。

前に『私が悪に染まってしまったら』という話を皆にした時、優しい皆は『それでも傍にいる。悪いことをしそうになったら止める』と言ってくれて、とても嬉しかった。

だけど、もしそうして傍にいてくれると言った皆を傷つけることになったら、それにあの場にはいなかったマリア。

努力家でまっすぐで優しい大好きな友達、絶対に傷つけたくなんてない。

それでも、もし私が本当に悪役になってしまったら、主人公であるマリアを傷つけるかもしれない。

悪役になって破滅するのが怖い。でもそれ以上に大切な人たちを傷つけてしまうかもしれないことが怖い。

私は一人、馬車の中で膝を抱え丸まった。

「カタリナ様、着きましたよ」

クラエス家の使用人にそう声をかけられ、私は悶々《もんもん》とした気持ちを抱えつつ馬車を降り、屋敷へ入った。

気持ちが沈んでいるので、なんだか身体も重い気がする。早く部屋で横になりたい。

小さな家なら帰宅してすぐ部屋に行けるのに、こういう時に大きな家は面倒だ。

そんな風に考えながら廊下をトボトボと歩いていると、

「おかえり義姉さん」

向かいの部屋から出てきた義弟のキースがそう声をかけてくれた。

いつもなら元気に『ただいま』を言えるのに、今日は気持ちが沈んでいるのもあって、

「……キース。ただいま」

思いのほかテンションの低い返事になってしまった。

そんな私の変化に毎日、顔を合わせているキースが気付かないわけもなく、

「義姉さん、もしかして疲れてる?」

そう心配そうに覗《のぞ》き込んできた。

キースだって一日お父様について仕事に回っていたから疲れているはずなのに、私の心配まで、なんて優しい義弟なんだ。

こんな優しい義弟に心配をかけてはいけない。そう思って、

「え〜と、そうね。今日はバタバタしててちょっとだけ疲れちゃったみたい。でも、一晩寝た

らすぐ復活するから大丈夫」

と笑顔を作った。だけど、

「うん。何かあったんだね。話を聞いてあげるからおいで」

そう言って有無を言わせず、近場の部屋に連れていかれた。

「それで、どうしたの？」

ソファに向かい合わせに腰かけるとキースがそう聞いてきた。

その青い目が『ごまかしても無駄だよ』と告げている。

キースにはなんでもお見通しだな。

「あのね。夢を見たの。私が闇の魔法を使って皆を傷つけてしまう夢」

私はゲームのことには触れずにそう告げた。

「義姉さんが皆を傷つける？　想像できないんだけど、前もそんなこと言ってたよね」

「うん。それで皆は大丈夫って言ってくれたんだけど……実は、明日から、闇の魔法を習わなくちゃいけなくなって」

私は今日の経緯を話し、そうして習った闇の魔法で皆を傷つけてしまうかもしれないことが怖いのだということをキースに話した。

キースは真剣な顔で話を聞いてくれた。そして、

「そうだね。前も言ったけど僕は、いや僕らは義姉さんがどんなになっても傍にいるつもりだし、悪いことをしようとするなら止めるつもりでいる。でも義姉さんはそうなった時に僕らを

傷つけるかもしれないのが怖いということだね？」

そう私の気持ちをまとめてくれた。

「うん。私は傍にいてくれる皆を傷つけてしまうのが怖いの」

「う～ん。僕としてはそんなの少しくらいなら大丈夫なんだけど、それだと義姉さんが傷ついてしまうんだよね」

キースはそこで考え込んで、

「そうか、なら僕が義姉さんに傷つけられないように対策を取るよ。闇の魔法対策、僕だけじゃなく皆にもできるようなやつを考えるよ。それで義姉さんに傷つけられないようにする。それなら大丈夫でしょう」

キースがそう言って優しい顔で微笑んでくれた。

ああ、私の義弟はなんて優しいんだろう。

大丈夫と言ってくれているのにぐずぐず言って、自分でもめんどくさいことを言っているという自覚はある。

それなのに、そんな私を突っぱねないで話を真剣に聞いてくれて、こうして考えてくれる。

私は本当に幸せものだ。嬉しくて胸がいっぱいになって私は、

「キース」

そう叫んで、椅子から立ち上がりキースに抱きついた。

キースは座っていたのでフワフワの頭を抱えるような形になった。

「ありがとう。キース。大好き。ありがとう」

ぎゅうぎゅうとキースの頭を抱きしめながら、そんな言葉を繰り返す。

いくら言っても足りないくらいだ。

しばらくはそんな私の好きにさせてくれていたキースだけど、

「……義姉さん。そろそろ少し放して……」

か細い声でそう言ってきたので、私は慌てて離れた。

するとキースの顔が真っ赤っかだった。

しまったぎゅうぎゅうしすぎたからだ！

「ごめんねキース。強く絞めすぎてしまって、苦しかったでしょう。水を持ってくるわ」

私が慌てて水を取りに走ろうとすると、手を掴《つか》まれた。

「……いいから、水とかいらないから」

真っ赤な顔のキースがそう言う。

「うっ、でも……」

「苦しかったとかじゃないから」

「？」

「うん。今日はもういいからゆっくり休んで」

キースにそう言われ、私は部屋へと帰されてしまった。

嬉しすぎて、我を忘れぎゅうぎゅうと締めすぎてしまい申し訳なかった。

反省しつつ、でもキースのお陰で胸のモヤモヤはすっかり薄くなっていた。

あの夢を思い出しても、キースの『大丈夫』を思い出せば平気だった。

疲れているはずなのに、馬車の中ではちっとも眠くならなかったけど、今度は一気に眠くなって、私はそのまま深い眠りについた。

★★★★★

僕、キース・クラエスは一人部屋で、火照《ほて》る顔を必死に落ち着けようと努力していた。

しかし、油断するとすぐに先ほどの抱きしめられた感触と、耳元で発せられた言葉が蘇《よみがえ》り、また熱が上がってくる。

カタリナは自身が年頃の女性という感覚がまったくないのだ。

だからあんな風にして人の顔に胸を押し付けてきて、平気で耳元で「大好き」だなんて繰り返せるのだ。

これ、僕がジオルドだったら本当に貞操の危機だったから！　いや、僕だってかなり危なかったからね！　そんな風に心の中でカタリナに毒づいてみる。

どうにも消えない感触を振り払うべく顔を振り、そして大きなため息をつく。

「義姉さん、僕の決死の告白はもう完全に忘れてるんだろうな」

ポツリと呟いた自分の言葉に自分で落ち込む。

魔法学園二年の時に色々とあり、その流れで長年の思いをついにカタリナに伝えた僕だったけど……あの後、卒業式、魔法省への入省など色んなことが起こったためカタリナの記憶から抜け落ちてしまったようだ。悲しすぎる。

そもそもあの恋愛事にまったく免疫《めんえき》と興味のないカタリナに対して思いをわからせるためには、ジオルドのように日々、アプローチしていく必要があるのだろう。そういうことが得意ではない自分には厳しいものがある。

それに、魔法省に入ってからカタリナには何か心配ごとができたようだ。本人は隠しているつもりみたいだけど、わかりやすい性格なのですぐにわかった。

魔法学園入学の時も何か不安そうだったけど、それと同じようなものだろうか。

その辺のことは聞いてもちゃんと返してはくれないので、そこは触れないで欲しいところなのだろうと様子を見てきた。

でも『私が闇の魔法を使って皆を傷つけてしまう』そう言ったカタリナの顔はひどく不安そうだった。

正直、たとえ闇の魔法を覚えたところで、あのカタリナが人を傷つけることをするなんてまったく想像できない。

それでも本人にはかなり怖いことなのだろう。前にもそんな風に言ってきたことがあり、

『大丈夫』と伝えたが、また不安になってしまったようだ。

その背景にはカタリナが隠している何かがあるのだろう。いつか話してくれたら、嬉しいけど、そんな日はくるのだろうか。

今は魔法省に勤めているカタリナだけど、ジオルドとの婚約はまだ継続している。

カタリナも今年で十八歳、年齢的にもいつ正式な婚姻を結んでも問題ない。このままずっと一緒にいたいけど、この先はわからない。

カタリナがジオルドと結婚したならば、僕もこのクラエス家のために誰かと婚姻を結ばなければならない。

義母さんはカタリナの結婚に『王族なんて務まらない！』と反対しているけど、義父さんはどうなのだろう。

決定的な答えが返ってくるのが怖くて聞いたことがなかったが、どうするつもりなのだろうか。

そんなことを考え始めると、顔の火照りも引いてきて、ほっとした時、部屋がノックされた。

そして、

「キース様、旦那《だんな》様がお呼びです」

使用人がそう告げた。

先ほど義父のことを考えていたところだったので、少しドキリとしつつ僕は義父の部屋へと向かった。

「キースです。お呼びとのことで参りました」

義父の部屋の前に行き、ノックをしてそう声をかけると、

「おお、すまない。どうぞ」

と朗らかな声が返ってきた。

部屋に入れば義父は机に向かい、書類をめくっていた。

学園を卒業し本格的に義父の仕事を教わり始め、その仕事量が半端ではないことを知った。いつも家族の前ではのほほんとした義父だが仕事場に出ればかなりのやり手で、皆に一目置かれる存在なのだ。

「こんな時間に悪いんだが、明日使う資料がようやく届いてね。私はもう目を通したのでキースも明日までに目を通しておいてくれないか」

義父はそう言って結構な量の紙の束を差し出してきた。これをすばやく読んで理解してしまう義父はさすがである。僕も頑張ろう。

部屋でゆっくり読んでよいと言われたので、そのまま部屋に帰ろうとすると、

「そうだ。またカタリナの愚痴を聞いてくれたようだね」

そんな風に声をかけられた。

ほんの先ほどの出来事をすでに把握している義父に驚きつつ、まさかカタリナが抱きついてきたことまで伝わっているのではないかと少しひやひやした。

義父は実に有能で理性的な人物なのだが、こと妻と娘が絡むと感情的になりやすいのだ。

「いえ、義姉さんが少し疲れていたようだったので話を聞いただけです。大したことはしていません」

そう慎重に答えたが、

「いや、キースがそうやって話を聞いてくれるから、カタリナもまた魔法省での仕事を頑張れるんだ。いつもありがとう」

義父はニコニコとそう言ってくれたのでほっとした。

そして、カタリナの魔法省での仕事を応援しているという口ぶりに先ほど考えていたことを思い出して、つい口にしてしまった。

「あの、義父さんは、義姉さんの婚姻をどうするつもりなのですか？」

しまった！　ついポロリと聞いてしまった。

これで義父から『もうしばらくしたら、ジオルド王子と婚姻を結んでもらうつもりだ』と言われたら、どうしたらいいんだ。

自分で聞いておいてこのまま答えを聞かないで逃げ出そうかなんて、思い始めた僕を尻目《しりめ》に義父は「う～ん」と少し首をひねると、

「婚姻はカタリナの好きにさせようと思っている。ジオルド王子との婚約もカタリナが嫌ならばいつ解消してもいいし」

と予想とはまるっきり真逆の答えが返ってきて、僕は思わずポカーンとしてしまった。

そして言いたくはないけど周りの皆は思うだろうことを口にしていた。

「あの、王家との婚姻なのに、いいんですかそんな感じで？」

「ああ、別に問題はないよ。クラエス家は王家と結びつかなきゃまずい状況ではないし、以前ならともかく、現国王はそんなことでとやかく言ってこないから」

「あのでも、義父さんは義姉さんとジオルド様の婚約が決まった時、とても喜んだって聞いてますけど」

僕はかなり神妙な顔になっていると思うけど、義父の方はケロッとした様子で、

「ああ、あの時はカタリナがジオルド王子をとても気に入っているようだったから、婚約できてよかったねっと思ってね。でも、今は昔ほどそういう感じでもないから」

そう言った。

なんていうか義父らしいと言えば義父らしい理由になんだか力が抜ける気がした。

でもどうしてもまだ思うところがあり、

「あの、でも婚約破棄とは世間的にまずいのでは？　義姉さんの評判にも傷がつくかもしれないですし」

そう口にしていた。

なんで僕がこんなことを言っているんだろうとは思うけど、むしろ婚約破棄は願ったりかなったりのはずなのに、あまりに義父があっけらかんとしていて思わず世間の声を代弁してしまっている。

「それはまぁ、いいことではないけど、今時、幼少期からの婚約を破棄して、恋愛結婚するくらいさほど珍しいことでもないからな。現国王だって恋愛結婚だし」

「……そ、そうなんですか」

「ああ。それに今ではもうあまり口にする人間はいないが、宰相のところは婚約者から奥さんを奪って結婚したんだ。当時は略奪婚だとすごい話題になったものだ」

「……」

宰相ということはニコルの両親のことなのだろう。何度か会ったことがあるが、あの穏やかそうな人が略奪婚とか、想像がつかない。

「それに私自身もこうして愛する人と結ばれることができている。だから娘にも本当に好きな人と結ばれて欲しいんだ」

義父はそう笑顔で言い切った。

義父がカタリナの婚姻をどうするつもりなのか、ずっと長年、悶々としてきたのにいざ聞いてみればこんなにあっさりした答えでなんだか拍子抜けしてしまった。そんな僕に義父は目配せをして、

「ああ、もちろん。娘だけじゃなく息子もね」

と言ってくれて、なんだか胸が熱くなった。

クラエス家に引き取られて十年近く、『家のために婚約をしろ』と一度も急《せ》かされなかった理由も今、わかった。

僕はクラエス家に来られて本当によかった。こんなに幸せになれるなんて思わなかった。

「ありがとう。義父さん」

暖かい気持ちで満たされ、義父にそう言って、退室しようとした僕に義父が、

「ちなみに私はカタリナが好きで選んだ相手なら、誰であろうと応援するつもりだから、安心していいぞ」

そんなことを言ってきた。

目を見開いて義父を見ると、なんだかいたずらっ子のように笑って手を振られた。

僕は呆然としたまま、それでも流れでそのまま部屋を退出した。

え〜と、あの最後の発言とそしてあの顔、完全に僕のカタリナに対する気持ちバレているよな。

いや、義姉さんと同じでかなり鈍い義母さんはともかく義父さんにはバレているかもしれないとは思ってたけど、改めてあんな風に言われてしまうと……なんというかいたたまれない気持ちになる。

だけど、どうやら僕はカタリナを諦《あきら》めなくていいみたいだ。

これまでは、諦めたくはないけど、このままいけばカタリナはジオルドと結婚し、その時には諦めなければならないだろうと思っていた。

婚約破棄できそうになく、そんな未来しかないのだろうと半《なか》ば諦めていたところだったけど……義父さんの話を聞くことができて、まだ僕にもチャンスがあると思えた。

カタリナの気持ちを掴むことができれば、もしかしたら、カタリナと結ばれることも可能なのかもしれないと思えた。

それは想像できなかった幸せすぎる未来。

そんな未来が少しでも見えてしまったら、もう簡単に諦めたりなんてできそうもない。僕ももっと頑張ってみよう。自然と頬が緩んできた。

明日も仕事だけど、今夜は眠れそうにない気がした。

第二章　闇の魔法を習う

昨日の帰りは憂鬱《ゆううつ》で、馬車での日課のお昼寝もできなかったほどだったけど、キースのお陰で気持ちが楽になって夜はぐっすり眠れた。

朝、いつものようにアンに布団を剝《は》がされるまでまったく起きることはなかった。

起こされて支度を終え廊下へ出ると、前の方にキースの姿を見つけたので、

「おはようキース。昨日はありがとね」

と声をかけ近づくと、

「ああ、義姉さん、おはよう」

そう言ってキースが振り返ったが……なんとその綺麗《きれい》な顔にくっきりとした隈《くま》ができていた！

「えっ、キース、その隈どうしたの？　はっ、もしかして昨日の私の話のせいで眠れなかったの！」

昨日、私は不安を聞いてもらってすっきりしたけど、逆にキースを不安にさせてしまったのではないかと慌てる。

「ううん。これは確かに寝不足のせいなんだけど、義姉さんのこととは関係ないことだから」

キースはそんな風に言って首を横に振った。

私のせいでなくて少しだけほっとするが、

「でも、じゃあ、何か眠れないような心配事があったのね。私は昨日、キースに聞いてもらってすごく楽になったのだから、キースも私に話してみて。ただ聞くくらいしかできないかもしれないけど」

私はそう言って胸をポンと叩《たた》いた。

「……う〜ん。いや、心配事とかでなくて……むしろ嬉《うれ》しいことだから問題ないよ」

キースはそんな風に言い、ふふと笑った。

おお、心配事でなく嬉しいことで眠れなかった系だったか、子どもが遠足とかが楽しみでなるやつのほうね。

「眠れなくなるくらい嬉しいことって何があったの？」

ご機嫌な様子のキースに、好奇心がうずいてそう尋ねたのだけど、

「義姉さんはもう魔法省へ向かわなくちゃいけない時間でしょう。ほら急いで」

そんな風にごまかされて、玄関へと押しやられてしまった。そして極めつけに、

「じゃあ、いってらっしゃい。義姉さん」

色気たっぷりの微笑《ほほえ》みでそう言われ送り出されてしまった。

ものすごくご機嫌だったからなのか、なんなのか定かではないが、朝からR指定がかかりそうな色気にあてられ、私は馬車の中でしばし呆然《ぼうぜん》とした。

朝から義弟の色気にあてられたものの、だてに美形ばかりに囲まれ生活しているわけではな

い。それなりに耐性がある私は通勤路半分くらいで正気を取り戻した。

はっ、ぼーっとしている場合じゃないわ！

今日から闇《やみ》の魔法を習うんだからシャキッとして気合を入れなくては。

でもキースも女たらしにこそならなかったけど、攻略対象だから、やっぱり色気がすごいな。数年前までは私にはわからないくらいだったけど、今じゃあ、魔性の伯爵に通じるものを感じるようになってきた。

家の中に魔性の伯爵二号……それはちょっと困るな。キースにはもう少し色気を抑えるように言っておかなければ。

そんなことを考えているうちに、馬車は魔法省へと到着した。

馬車の送り迎えの使用人にお礼を言って馬車を降りて門をくぐると、私は配属部署である魔法道具研究室へと向かった。

「おはよう。カタリナ・クラエス嬢、君が学ぶ場所は昨日と同じ部屋を取っておいたから、思う存分に学んでくれ」

部署のドアを開け入ると、すぐにラーナの元へ呼ばれ、そう声をかけられたのだが……その足には怪しげな鎖のようなものが巻かれ、その先が部署の机につながっている。

これは一体、なんなのだ？

「あの、ラーナ様、その足についているのは……」

あまりにも怪しいそれについて思わず口にすると、

「ああ、これか、これは特殊な金属でできた鎖だそうだ。軽くて丈夫なんで仕事にも支障がないらしい。ネイサン用に作られたものを、今日はラファエルが不在で、私にも逃げられると非常にまずいとつけられたんだ。ははは」

ラーナが笑いながら答えてくれたけど……ここは笑うところなのだろうか（ちなみにネイサン・ハート先輩は三秒あればどこでも迷子になってしまうので有名で部署の皆が手を焼いている存在だ）。

しかし、そんな鎖をつけていてもまだ信用されていないようで、先輩たちは皆、チラチラとラーナを確認しており、部署の先輩方の苦労が垣間《かいま》見えた。

そして本日、私のために時間を割《さ》いてくれることになったラファエルは、

「これとこれをラーナ様にお願いして、それからその案件は――」

流れるように部署の皆に指示を出していた。

魔法道具研究室の部署長はラーナで、ラファエルは副部署長なのだけど……もうこれはラファエルが部署長を名乗っていい気がする。

「では僕は抜けますので、何かありましたら連絡をお願いします」

指示を出し終えたらしいラファエルはそう言うと、私のところへ寄ってきて、

「それでは一緒に行きましょうか」

と声をかけてくれた。

「はい」

私は、元気よく返事をしてラファエルの後に続いた。

「こんな風にカタリナ様とご一緒するのは久しぶりですね」

準備された部屋までの道すがら、ラファエルがそう言って微笑んだ。

「そうですね。久しぶりですね」

そう答えた私は、すれ違った他部署の女性職員がラファエルの穏やかな笑みに見惚《みほ》れているのに気が付いた。

Ｉの隠し攻略キャラだったラファエルは、赤い髪に灰色の瞳《ひとみ》の美形だ。

諸事情で普段は地味な姿に変装していることも多いのだが、その穏やかな性格と気配りができて仕事もできるという有能さで実は密《ひそ》かに魔法省で人気だ。またこうして時折見せる表情がなんだか色っぽくて見惚れるという今の女性のような人も少なくない。

だけどとにかく仕事が忙しいため、あまり部署から出てこれず、顔も疲れていることが多いため皆、遠くから眺めるしかないのが現状だ。

学園にいる時の人気具合はすごかったから、こちらの方がまだ過ごしやすいのかもしれない。

あの事件でラファエルが学園を去って数年、こうしてまた縁があって同じところで働くことになったけど、ラファエルが（仕事そっちのけで趣味に走ることが多いラーナのせいもあり）忙しすぎて、あまり一緒に過ごすことはなかった。

だから今日みたいに一緒に過ごすのはすごく久しぶりだ。

ふふふ、なんだか学園の時に戻ったような懐かしい気持ちになるな。

頼れる優しい生徒会長だったラファエル。今日みたいに何度か勉強を見てもらったこともあった。

「あ、今日はラファエルが先生で私が生徒なので、敬語も様付けもなしでお願いします」

事件後は（上司として接してくれる時を除き）私に敬語、様付けをしてくるようになったラファエルだけど、今はなんだかそれだと落ち着かないので、そんな風に言うとラファエルは少しきょとんとした顔になった後、

「うん。わかったよ。カタリナさん」

と微笑んでくれた。たぶん、こういうところが人気なんだろうな。

そして部屋に着くと、ラファエルが書類のようなものを取り出し、

「闇の魔法についてこれから説明もするけど、わかりやすいように紙にもまとめておいたから、後でまた参考にしてみて」

そう言って渡してくれた。

そこには見やすい綺麗な字で魔法についてわかりやすくまとめられていた。

なんて完ぺきな先生なのだ！

昨日の私たち擬音三人組とは大違いである。

これはもう今日はラファエルのことは先生と呼ばせてもらおう！

「ありがとうございます。ラファエル先生」

「いや、先生呼びはちょっと……」

私的にはすごくいい気がしたけど、苦笑したラファエルにそう拒否されてしまったので、仕方なく先生呼びはあきらめた。

そしていよいよ、ラファエルによる闇の魔法講座が始まる。

「じゃあ、改めて、闇の魔法について説明するね」

「はい」

ラファエルは「まずは」と闇の魔力はどうやって手に入るかなど、私も知っていることから話をしてくれた。

一人の人間の命を糧《かて》にして得ることができる闇の魔力、それには命を捧《ささ》げる人間と、儀式のための魔法陣のようなものがいるのだそうだ。

以前聞いたラファエルの過去を思い出して、その話には胸が痛んだけど、ラファエル自身は淡々と説明してくれた。

「ディーク家が調べたものや、ソラのケース含めて闇の魔法を手に入れる基本の方法は、今話した通りだけど、カタリナさんのように闇の使い魔を従え、闇の魔力を手に入れたというケースはなかった。だから、昔の僕やソラと同じように闇の魔法を使えない可能性もあるから、そこはわかっておいて」

「はい」

そうなのだ。

ゲームのカタリナの方はどうかわからないけど、私が闇の魔力を手に入れたのは、『サラ』

という闇の魔力を持つ女性が作った使い魔（ポチ）が影に入って抜けなくなってしまったからであり、闇の魔力を得るための儀式などをしていないのだ。

だから昔のラファエルやソラのように、魔法を使えないかもしれないというのはラーナにも言われていた。

「じゃあ、そういうことも前提として、とりあえず以前、僕の使っていた方法で、闇の魔法はどう使えばいいのかを伝えていくね」

「はい」

私はラファエルに元気な声で返す。

ラファエルは『よろしい』という感じでにこりと微笑んで続けた。

「では、カタリナさんは土の魔法を使う時にどんな風に使っている？」

「土の魔法ですか、え～と、土に向かってばっとして、しゅっとする感じです」

再び元気に答えたが……あ、これ、昨日、ラーナとソラに話したのと同じになってしまった。

また擬音のみだ。

しかし、そんな擬音のみの返答にも優しいラファエルは怒ることなく、

「う～ん。それは自分の身体《からだ》の一部を使う感じかな？　それとも何か違う道具を使う感じかな？」

とラーナたちからは返ってこなかった問いを向けてきた。

身体の一部を使う感じか、何か違う道具を使う感じか、今までまったく考えたことのなかっ

た視点だけど、

「どちらかと言えば身体の一部を使う感じのような気がします」

　と答えると、ラファエルは少しほっとしたように、

「うん。よかった僕と一緒だね。自分の持っている魔力で魔法を使うのは自分の手足を動かす感覚に近いと僕は思ってるんだ。それに魔法学園での魔法の授業でも、教師で『自身の身体を動かす感じで』というようなことを言っている人がそれなりにいたから、他《ほか》の人もそういう人が多いんだと思う」

　そう言った。

　ふむふむ。魔法学園の授業とか『ふ〜ん。そんな感じね〜』くらいに聞き流してたけど、賢い人は授業の聴き方も違うのだな。

「それで、その感覚で言うと闇の魔法を使う時というのは自分の手足を動かすというのではなくて、手や足を使って道具を動かすという感覚なんだよ」

「道具を動かす？」

「うん。そう、手でペンを持って字を書いたり、はさみを使って紙を切ったりするような感覚なんだ」

「ほぉ〜」

　昨日の擬音ばかりの話し合いではまったく出なかったわかりやすい説明に私は感動した。さすがラファエルだ。

「だから闇の魔力を、自分の元々持っている魔力と同じように使おうとしても上手《うま》くはいかないんだ。僕は何か別のものを介して使うようにイメージしたほうがいいと思ってる」

「別のもの？」

「そう。例えば僕の場合はランプだったよ。そのランプを使って闇の魔法をかけるというイメージを作っていた。カタリナさんもこれを使えば闇の魔法を使えるというものをイメージしてみるといいかもしれない」

うむ。比べたら悪いけどソラの『ぐっと集めて、しゅっと出す』という説明と大違いだ。ものすごくわかりやすくイメージもしやすい。

そう魔法を習うといったら、こういうわかりやすい説明が必要なのだ。ラファエル素晴らしすぎる。

しかし、魔法を使えるようにするものをイメージか。

「それはなんでもいいの？」

「なんでもいいと思うよ。ただ自分の中で、これで魔法を使えるとイメージしやすいものがいいと思うよ」

「ラファエルはそれがランプだったの？　なんで？」

魔法を使えるようにするものにランプってなんか不思議だ。

「う～ん。なんとなくかな」

そう返したラファエルの表情が少しぎこちなかったので、あまり聞いて欲しくないところなんだなと理解し、口をつぐんだ。

ラファエル自身の話は本人から少し聞いただけだから、他にも色々とあったのだろう。それでも、今、こうして笑っているラファエルを本当にすごいと思う。

さて、では私も少しでもラファエルみたいに立派になれるよう、自分の魔法を使えるようにするものを考えよう。

う～ん。でもいざ考えてみると、魔法を使えるようにするものってなんだろう。

前世のイメージだと魔女は箒《ほうき》で飛んでたけど、ここではそんなことないもんな。

あ、そうだ。後は前世のマンガとかアニメだと魔法使いは魔法のステッキ的なものを使ってたな。ああいうのがいいかも。

そんな風に考えて魔法少女が使うような星が先端についたキラキラステッキを思い浮かべてみたけど……使うのは闇の魔法なんだよな。使い魔も黒い犬、もとい狼《おおかみ》だし、なんか合わない気がする。

闇の魔法、悪役、そう考えると、キラキラステッキよりも、もっと悪役的な先端に髑髏《どくろ》がついた禍々《まがまが》しい黒いステッキのほうが似合う気がする。

悪役にふさわしい黒いステッキ。

「よし、イメージ、決まったわ」

「それじゃあ、それをより具体的にしっかりイメージして、まさに今、目の前にあるように思い浮かべてみて」

「うん」

ラファエルに言われるまま、私はより詳細に髑髏つきステッキを思い浮かべ、それが目の前にあると考えてみた。

すると『ひゅっ』と音がして、私の影から黒い何かが出てきて、そのまま手の中へと収まった。

「……えっ、これは……」

自分の手を見ると、そこにはまさに今、イメージした先端に髑髏のついた黒くて禍々しい魔法のステッキが収まっていた。

「な、なんで実物がここに……」

私は呆然とそう呟《つぶや》き、ラファエルも目を丸くし、

「こ、これは!?」

そう言ったきりしばらく絶句した。そして、

「……これが、カタリナさんがイメージした道具なんだね？」

真剣な顔でそう確認してきた。

私は動揺が収まらないままも、こくこくと頷《うなず》くと、ラファエルは片手で額を押さえた。

「……闇の使い魔という異例の存在を持っているから、もしかしたら何か今までとは違う事態が起きるかもと考えていたけど……まさか、こんな風にイメージしたものが具現化するなんて……」

ラファエルは独《ひと》り言のようにそんな風に呟き、そして髑髏ステッキをまじまじと見つめ、

「……これは僕も触れることができるのかな？」

と聞いてきたので私は、

「あ、はい。どうぞ」

とラファエルにステッキを差し出した。

「……触れられる。しかし、これは何でできているんだ？」

ステッキを手にしたラファエルは難しい顔で見つめていた。

ステッキを渡し少し落ち着いた私は、改めてステッキに目をやった。

ラファエルが言った通り何でできているかわからないそれ、見た目は木っぽい気もするけどよくわからない……というかこの髑髏ステッキ。こんな風に実際に出てくるなら、やっぱり可《か》愛《わい》いステッキにしておくべきだった。

これを持ってると悪役感がさらに増してしまう気がする。

私がそんなことを考えていると、ラファエルが「ありがとう」と私に髑髏ステッキを返してきて、

「カタリナさん、とりあえずそれがどういうものなのか少し検証したいのだけどいいかい？」

そう聞いてきたので、私は頷いた。

ポチの時も言われたけど、こういうよくわからないものを扱う際はまずしっかり検証することが大切なのだそうだ。

ラファエルは、髑髏ステッキの他に何か出せそうか、ステッキはまた影に戻せるのかなどを試してみようと的確な指示をくれた。

そうしてラファエルの指示通り一つずつやってみてわかったことは、初めでイメージが固まってしまったからか、髑髏ステッキ以外のものを出すことができなかった。それから髑髏ステッキは影から出し入れ可能だったということだ。

「出し入れはできるけど、何でも実体化できるというわけではないと。あとでラーナ様たちにも報告しないとだね」

ラファエルはそう言って持っていたノートにさらさらと書き込んだ。

「やっぱり、カタリナさんの力は特殊だね。今後も色々と気を付けていかないとだね。今は気分の不調とかはない？」

ラファエルはそう言うと私に心配そうな顔を向けてきた。

ラーナなんかは新しい魔法に出会うと我を忘れてばく進して、こっちは置いてけぼりになってしまいがちだけど、ラファエルはこうしていつも気を配ってくれる。

こういうところも皆に頼られて、好かれる所以《ゆえん》なのだろう。もちろん、私もその一人だけど。

「なんともないわ。大丈夫」

「よかった」

ラファエルはそう言いほっとした顔をして続けた。

「じゃあ、このまま、この道具で実際に闇の魔法が使えるか試してみようか」

「……あ、うん。でも、その、どうやって試すの？」

闇の魔法は人の心を操る魔法だ。

もしこの髑髏ステッキでそれができるようになったとしても……人の心を操るなんて怖いし、やりたくない。私は胸の前でぎゅっと拳《こぶし》を握った。

そんな私の心を見透かしたように、ラファエルが、

「大丈夫、人の心を操る魔法は試さないよ。というかそれは簡単に試していいものじゃないからね」

そう優しい笑みを浮かべて言ってくれた。

ラファエルの笑みに身体に入れていた力がすっと抜けた。

「……うん。じゃあ何を試すの？」

「闇の魔法は主に人の心を操るものだけど、それだけじゃなくて闇を生み出すこともできたりするんだよ」

「闇を生み出す？」

「うん。空間に闇を生み出すんだ。僕も前に少しやってみたことがあるけど、何か害があるものではなかったし、何より目に見えるからね。できたかどうかすぐわかる。試すには一番いい魔法だよ」

「おぉ、そんな練習にもってこいなのがあったのね」

私がそう言って身を乗り出すと、ラファエルはくすりと笑って言った。

「そうだね。もってこいだね。じゃあ、やってみようか」

「はい」

私はまた元気よく答えた。

え〜と、この髑髏ステッキを使って魔法をかけるイメージを浮かべて——

「闇よ、出《い》でよ！」

そう叫んで髑髏ステッキを振ってみたが……。

「……あれ？」

おかしいな、何も出てこない。あれれ、試しにもう一度、ステッキを振って、

「闇よ、出でよ！」

やはり、何も出てこない。

「出てこないよ〜」

そう言ってしょんぼり顔でラファエルを見ると、彼は少し考えて、

「魔法を使う時に闇をイメージに加えてみるといいかもしれない」

と指示をくれた。

この具体的な感じ、本当に昨日の擬音大会とは大違いだ。

よ〜し、闇を思い浮かべて、闇を——って闇ってどんなのだろう。黒、絵の具の黒とかでいいのかな？

「あの、闇ってどんなのを思い浮かべればいいの？」

困り顔でラファエルに、尋ねると、彼はきょとんとした後になぜかクスクスと笑った。

「そっか、そうなんだね。わからないんだね」

よくわからないけど、なんか綺麗な顔でクスクスされて照れる。

「……そ、その絵の具の黒とかでいいかな？」

思いつかなくてとりあえず、そんな風に言ってみる。

「絵の具の黒は少し違うかもね。あ〜、そうだ。真っ暗な夜とかを思い浮かべてみるのはどう？」

「おお、それでいきます」

それなら思い浮かべられそうだ。

月明かりもない暗い夜。ランプがないとこっそり調理場にお菓子をつまみ食いにも行けないような真っ暗な夜。

よし、いけそうな気がしてきた。

私は暗い夜を思い浮かべながら、

「闇よ、出でよ！」

そう言って、再び髑髏ステッキを振った。すると――。

「ん、あれ？」

目の前の何もなかった空間にポツンと一つ、豆くらいの黒い点が出てきた。

あんまり小さい点なので、もしかして目にゴミでもついているのかなとゴシゴシとこすってみたけど……なくならない。

ゴミではないなら虫？　とりあえず少し近づいてじっと見てみるが、動かないし、見た目もただの黒い点で虫には見えない。

「……もしかして、これが闇の魔法？」

眉《まゆ》を寄せて点を凝視しながらそう呟くと、

「おそらくそうだね」

ラファエルも同意してくれた。

「え～と、空間に闇を生み出す魔法ってこんなもんなの？　もっと部屋を真っ暗にできるとかそんなのだと思ったんだけど……」

豆くらいの黒い点を出すだけの魔法だったの？　これ何か意味があるのか？

そう考え込む私に、ラファエルがどこか申し訳なさそうな声で、

「その、僕が昔、やった時はこの一部屋くらいは真っ暗になったかな」

と告げた。

「……ということは私の魔力の問題！　土の魔力もしょぼいけど、まさかの闇の魔力もしょぼいの!?」

土の魔法は土をボコっと出せるだけで、闇の魔法は豆くらいの黒い点を出せるだけとか、悲しい。

「カタリナさん、今、初めて使ったんだから小さいのは仕方ないよ。カタリナさんはイメージ

した物を実体化することができるんだから、何度かすればすぐに大きいものもできるよ」

ラファエルが優しい声でそんな風に言ってくれたけれど、

「え、じゃあ、ラファエルも初めはこんな豆みたいな点だったの？」

と尋ねれば、曖昧《あいまい》に微笑まれた。

少し鈍い私でもわかる。これは初めから部屋を真っ暗にできたやつだと。才能がある人が羨《うらや》ましい。

そうは言っても繰り返しの練習が大事なのもわかる。土ボコも長年の練習で少しだけ大きくなったものね。

そして、ラファエル先生は生徒をその気にさせるのも大変上手《じょうず》だった。

今日、すぐに闇の魔法を使えた（出てきたのはただの黒豆だけど）私のことをそれは褒めたたえ、やる気に火をつけてくれた。

よし、頑張ってみよう！

こうして闇の魔法の練習を開始した。

「じぁあ、今日は時間がきたので、ここまで」

ラファエルにそう声をかけられ、私はもうそんなに時間が経《た》っていたのかと驚いた。

私の予定は午前中に闇の魔法の練習、午後からは『闇の契約の書』の解読と決められている。

共に順序よく進めて欲しいと上からのお達しだそうだ。

また忙しいラファエルをずっと拘束《こうそく》しておけないというのも一つの理由だと思う。

「はい。ありがとうございました」

結局、黒豆は大きくならなかったけど……ラファエルは毎回きちんと黒豆が出せたことをすごいと褒めてくれたのでよい気持ちになれた。ラファエルは本当に教えるのが上手い。

そして片付けをしていると、すごい勢いでラーナが部屋に入ってきた。

「はぁはぁ、闇の魔法はどうだった？　できたのか？」

どれだけ急いで来たのか息を切らしながら、そう言うラーナの目はキラキラしていてもう興《きょう》味津々《しんしん》といった感じだった。さすが重度の魔法オタク。

「はい。カタリナ様の呑《の》み込みが良いので使えるようになりましたよ」

優しいラファエルがそんな風に言ってくれたので、

「いえ、教える先生が上手だったので」

とすかさず言っておいた。

ラファエルは「そんなことないよ」と謙遜《けんそん》したけど、ラーナは「私の目に狂いはなかった」となぜか自慢げだった。

「よし、試しに一度、その闇の魔法を見せてくれ」

ラーナが上司らしく指示を出したが、その顔は好奇心丸出しで、いまいち締まらなかった。

「はい。では」

私は髑髏ステッキを思い浮かべると、影から黒い塊が現れ、私の手の中に収まった。

「これは!?」

ラーナがガバッと寄ってきて、私の手に収まった髑髏ステッキを観察した。その勢いにやや身体が引いてしまう。

「これはあとで報告に行こうと思っていたのですが――」

ラファエルがそう言ってラーナに事の経緯を説明した。

ラーナは今まで見たこともないくらいに目をキラキラさせて「それで、これは当人でなくても持てるのか？　どうやって使うのだ？」食い気味にガンガン質問してきた。

それにラファエルが「他者でも持てるようです。使い方は――」とはきはきと返してくれた。

こんな勢いのラーナにこれだけ矢継ぎ早に質問されたら、私ならちゃんと返せなかっただろう。ラファエル、頼もしい。

あらかた質問をして、ステッキを自ら見聞し、少し好奇心が満たされたらしいラーナが、ようやく、

「では魔法を頼む」

と言ってきたので、私もようやくステッキを振って、

「闇よ出でよ」

と唱えた。

目の前の空間にぽつりと黒豆が現れた。

「ん？」

ラーナが不思議そうな顔をした。

うん。ラファエルが褒めてくれてたから、なんとなく忘れてたけど、私の魔法はかなりしょぼいものだったのだ。そういう反応になるよね。私も最初、そうなったから。

ラーナはしばらく目をゴシゴシしたり、黒豆をじっと凝視してみたりと最初の私と同じ行動を取った。

あ～、これはがっかりさせてしまうなと思ったのだけど、

「ふははははは、これが闇の魔法、何もない空間にこんなものを出せるなんて面白い」

ラーナはそう言ってそれは楽しそうに笑った。そして再び「触っても大丈夫なのか？」「どんな感じで出しているのか？」など質問してきた。

その顔には少しもがっかりした様子は見られなくて、私はほっとした。

よし、闇の魔法の練習、明日からも頑張ろう。午後からの契約の書の解読も。

★★★★★

僕、ラファエル・ウォルトは、本日から、カタリナに闇の魔法を教えることになった。

カタリナが闇の魔法を習得するように言われたことは知っていたが、まさかそれを教える役割が自分に回ってくるとは思わなかった……風を装ってはいたが、正直に言うともしかしたら

そうなるかもしれないという思いは少しあった。

なぜなら初め教える役割を与えられたソラが『人に教える』向きのタイプではないことをよくわかっていたからだ。

他国のスラム出身の彼は非常に優秀で仕事もできるのだが、感覚的に物事を進める傾向にあり、理論的なことが苦手なのだ。詳しい説明などを求めると、どうも擬音などで返しがちなところがある。

なんと言うか天才肌でなんでもできるが、それによって自分はあまり考えずに物事が簡単にできてしまうため、そこまでのプロセスを明確な言葉にして伝えられないといった感じなのだ。これは直属の上司であるラーナにも共通する点があり、うちの部署の人間にはこういったタイプが多い。

そのような理由で人に教えるというのは難しいかもしれないが、教わる側のカタリナもソラと同じような感覚タイプであるためなんとかなるかどうかといった半々な考えで、どうなるかなとは思っていた。

しかし、それがたった一日、始めてすぐにもう無理だとなるとはさすがに予想外だった。

諦《あきら》めが早すぎると嘆くべきか、見切りが早く行動的と褒めるべきか迷う案件だ。

そのような感じで『カタリナに闇魔法を教える』という役目は早々に僕に移されることとなった。

カタリナに教えること自体は別に構わない。むしろ久しぶりに長く話せることは嬉しいことなのだが、問題は今、抱える仕事にあった。

僕の直属の上司であるラーナは、優秀であり、部下のミスは自らが被《かぶ》るという頼もしい上司だ。しかし、一方では興味を持ったものに夢中になりすぎ周りが見えなくなり、仕事をほっぽり出してしまうという大きな難点を抱える人物でもある。

数年前、大きな事件を起こし、魔法省に引き取られたはいいが、どこからも腫物《はれもの》扱いだった僕を快く自分の部署へと迎え入れてくれたラーナ。

そんな彼女に恩を返そうと必死に働いているうちに、その働きを認められて、先輩たちの推薦の元、副部署長に就任した。

推薦してくれた先輩たちの期待に応《こた》えるべく、頻繁に仕事を抜け出すラーナの仕事もフォローしつつ、懸命に働くと、なぜか裏で『真の部署長』と呼ばれ、部を取り仕切るような立場になってしまっていた。

なんだったら他部署の新人に部署長と間違われていたこともあった。

そんな状況のため立場的に、部署を抜けるのがきつかったのだが、今回は本来の部署長ラーナが僕の代わりに（本来はそれが正しいのだが）部署を回してくれることになった。

闇の魔法の習得というラーナにとってはものすごく興味深い場に行けず、ラーナは落ち込んだが『あとで詳しく報告します』と言い何とか納得してもらい（それでも心配なので、部署で作った迷子防止の鎖も足に嵌《は》めてもらい）、部署の皆にいない間の指示を伝えた。

そうして、僕はカタリナと共に準備された部屋へと向かった。

学園を卒業したカタリナが魔法省に入職し、同じ部署に配属されたのを知った時は内心、すごく喜んだ。

罪を犯しすべてを話し、本来の身分に戻った僕は、もう彼女とは同じ場所で過ごすことはできないと思っていたからだ。

だから仕事が忙しく、カタリナとろくに話す暇もなくとも、同じ場所にいられるだけで幸せなことだと思ってはいた。

それでも、仕事とはいえこんな風に二人で話せる機会ができ、顔には出していないがものすごく浮かれてしまっている。油断すると頬《ほお》が緩んでしまいそうだ。

そんな浮かれ気分をなんとか抑え込んでいるというのに、カタリナが、

「あ、今日はラファエルが先生で私が生徒なので、敬語も様付けもなしでお願いします」

なんてことをにこにこ言うので、引き締めていた頬も緩んでしまった。

もう初めから、なんだか色々とまずい感じだ。

部屋に着くと、僕は用意していた闇魔法についてまとめていた書類を取り出し、カタリナに渡した。

そして闇の魔法について、（すでにカタリナは知っているとは思ったが基本からということで）闇の魔力を手に入れる方法から説明した。

ほんの数年前までの僕だったらこんな風に『闇の魔力を手に入れる方法』を平常心で淡々と話すことはできなかった。

幼い日に起きたあの出来事は、僕の心の大半を占める大きなトラウマだったからだ。

しかし、あの心を真っ暗にするトラウマは、あの日、カタリナに手を差し出された時から少しずつ薄れていき、今では過去の出来事だと割り切れるまでになった。もうあの恐ろしい夢にうなされることはない。

「ディーク家が調べたものや、ソラのケース含めて闇の魔法を手に入れる基本の方法は、今話した通りだけど、カタリナさんのように闇の使い魔を従え、闇の魔力を手に入れたというケースはなかった。だから、昔の僕やソラと同じように闇の魔法を使えない可能性もあるから、そこはわかっておいて」

そう最後に付け足し基本の話を終えると、次は使い方を説明する。

僕の感覚から言うと闇の魔法は、元々、持っている魔力とは違い自分のものを使うという感覚ではなく、何か道具を介して使うというイメージだ。

だから初めに魔法を介する道具をイメージするといい。そのようなことをわかりやすい言葉で説明する。

「例えば僕の場合はランプだったよ。そのランプを使って闇の魔法をかけるというイメージを作っていた。カタリナもこれを使えば闇の魔法を使えるというものをイメージしてみるといいかもしれない」

「それはなんでもいいの？」

「なんでもいいと思うよ。ただ自分の中で、これで魔法を使えるとイメージしやすいものがいいと思うよ」

「ラファエルはそれがランプだったの？　なんで？」

カタリナが不思議そうな顔で聞いてきた。確かに、魔法を使うのにランプとはあまりイメージしないものなのかもしれない。

しかし、初めに闇の魔法に気付き使い方を考えた時、真っ先に浮かんできたのがそれだったのだ。

突然、連れてこられた暗い部屋の中、ボンヤリ光っていたランプが僕にとっての闇の象徴だったのだ。

しかし、そんな話をカタリナにしたくはない。

「う〜ん。なんとなくかな」

そう言って曖昧にごまかすと、カタリナは何かを察したようにすっと口を閉ざした。

カタリナは一見すると、何も考えずにずんずんと来るタイプに見えるが、こうしてついて欲しくないところには決して手を出さない。

それに弱っている相手にも敏感で、すっと手を差し伸べるようなところがある。

そうして差し出された手に救われたものは多い。かくいう僕もその一人なのだから。

う〜んと首をひねり必死に闇魔法を介する道具を考えるカタリナ。

正直、あまりよいイメージのない闇魔法はカタリナには似合わないと感じた。

だが同時に、そんな闇魔法のよくないイメージさえもカタリナなら吹き飛ばせるような気もしたのだ。

「よし、イメージ、決まったわ」

そう言ったカタリナに、具体的にイメージするように伝えると――なんと、カタリナの影から黒いものが飛び出てきてその手に収まっていた。

黒色の棒状のものの先端には明らかに作り物めいた人の髑髏なのか？　というような飾りがついていた。

「……えっ、これは……な、なんで実物がここに……」

カタリナが呆然とそう呟くのが聞こえた。

僕はあまりに予想外すぎる事態に絶句し、固まった。

これは一体、なんだ!?　どういうことなんだ。いや、これまでの流れとカタリナの言葉を合わせればおのずと答えは出てくる。

「……これが、カタリナさんがイメージした道具なんだね？」

僕がそう問いかけると、カタリナはこくこくと頷いた。

やはりそうなのだ。これはカタリナがイメージした道具が具現化したということなんだ。

「……闇の使い魔という異例の存在を持っているから、もしかしたら何か今までとは違う事態が起きるかもと考えていたけど……まさか、こんな風にイメージしたものが具現化するなんて……」

いくらなんでも予想外すぎる。

僕は、ひどく動揺しながらもカタリナの手の中のそれを改めて見つめた。

形こそ奇天烈《きてれつ》だが、透けていたり、部分的に崩れているなどといったことはないようだ。

「……これは僕も触れることができるのかな？」

そう問いかければ、カタリナはあっさり、

「あ、はい。どうぞ」

とこちらにそれを差し出してきた。もしかしたら、僕が触ると消えてしまったりするのだろうかと恐るおそる触れてみると。

「……触れられる。しかし、これは何でできているんだ？」

僕が触ってもそれは消えることも崩れることもなかった。感触もおかしなところはない。

ただ木でできているようにも見えたそれは、とても軽く何でできているのかはまったくわからない。しばらく観察し、感触などを確かめるがやはりわからないままだ。

これはまた別の部署にも協力を要請して調べてみなければならないだろう。

ようやく動揺も落ち着いた僕はお礼を言って、それをカタリナに返した。そして、

「カタリナさん、とりあえずそれがどういうものなのか少し検証したいのだけどいいかい？」

そう尋ねるとカタリナは再びこくりと頷いた。

そしてこの状況を把握するために、他にも何か出せそうか、出した道具はまた影に戻せるのかなどを試してもらった。

結果、他の道具などは出せないが、出した道具は再び影に戻すことができることがわかった。

『出し入れはできるが、何でも実体化できるというわけではない』僕は持ってきていたノートにそう書き込んだ。

「うん。やっぱり、カタリナさんの力は特殊だね。今後も色々と気を付けていかないとだね。今は気分の不調とかはない？」

闇の魔法に関するデータは少ない。そんな中で使い魔という今までにない存在を得て、魔法を使うのだから、使う者の身体にも気を配らなければならない。

特にカタリナは、無茶をしがちなところがあるので、より目を光らせなければならない。

「なんともないわ。大丈夫」

そう答えたカタリナは顔色もよいし、問題はなさそうだ。

「よかった。じゃあ、このまま、この道具で実際に闇の魔法が使えるか試してみようか」

「……あ、うん。でも、その、どうやって試すの？」

とたんにカタリナの表情が曇《くも》った。その考えていることはわかった。

カタリナの知る闇の魔法は人の心を操る魔法だけだ。優しくて日だまりのような彼女が、魔法で人の心を操る行為をよしと思っているとは思えない。

僕はカタリナの目を見て、

「大丈夫、人の心を操る魔法は試さないよ。というかそれは簡単に試していいものじゃないからね」

安心してもらおうとそう言った。

そんな僕の言葉の意図をくみ取ってくれたらしいカタリナは、ふっと微笑み、

「……うん。じゃあ何を試すの？」

そう聞いてきた。よかった表情が戻った。

僕はほっとして、続けた。

「闇の魔法は主に人の心を操るものだけど、それだけじゃなくて闇を生み出すこともできたりするんだよ」

「闇を生み出す？」

「うん。空間に闇を生み出すんだ。僕も前に少しやってみたことがあるけど、何か害があるものではなかったし、何より目に見えるからね。できたかどうかすぐわかる。試すには一番いい魔法だよ」

そう教えてあげると、

「おぉ、そんな練習にもってこいなのがあったんだね」

カタリナがそんな風に言ってくるので、思わず笑ってしまった。

「そうだね。もってこいだね。じゃあ、やってみようか」

「はい」

カタリナはとても元気のよい返事をくれた。だけど、

「闇よ、出でよ！　……………あれ？」

その後、カタリナが何度か、勢いよく叫んでも何も起きない。

困った顔のカタリナにすがるように見られ、僕は考え、

「魔法を使う時に闇をイメージに加えてみるといいかもしれない」

そんな風に言ってみたが、カタリナの顔は困ったままで、

「あの、闇ってどんなのを思い浮かべればいいの？」

そんな質問をされた。

僕は一瞬、止まってしまった。闇を思い浮かべることができない？

それは僕にとったら驚くべき事実で、しかし、それはとてもカタリナらしくて、なんだか可《お》笑《か》しくなってきた。

「そっか、そうなんだね。わからないんだね」

笑いが収まらないまま、そう言えば、

「……そ、その絵の具の黒とかでいいかな？」

そんな答えが返ってくる。本当に全然、わからないんだな。

「絵の具の黒は少し違うかもね。あ～、そうだ。真っ暗な夜とかを思い浮かべてみるのはどう？」

カタリナにもわかりやすそうな一般的な例をあげればようやくわかったようだ。

「おお、それでいきます」

そう言うと影から出てきた道具を握り、

「闇よ、出でよ！」

と振った。

ところで、それはそうやって振るのが正しいのか？　音楽の指揮者のタクトのようなものなんだろうか。

そんなことを考えながら、カタリナの目の前の空間を見つめていると、そこに先ほどまでなかった豆くらいの黒い点が一つできた。

カタリナがそれに近寄り目をこすりじっと見つめ、

「……もしかして、これが闇の魔法？」

眉を寄せてそう呟いた。

突然、現れた黒い点、僕の時とはずいぶん違ったが闇の魔法で間違いないと思えた。

「おそらくそうだね」

「え〜と、空間に闇を生み出す魔法ってこんなもんなの？　もっと部屋を真っ暗にできるとかそんなのだと思ったんだけど……」

カタリナはそう言って考え込んだ。

確かにこれは想像以上に小さい。これではなんの役に立つのだと思ってしまうかもしれない。

「その、僕が昔、やった時はこの一部屋くらいは真っ暗になったかな」

一応、本来の魔法にはもう少し意味があることを告げてみる。

すると、カタリナはショックを受けてしまった。

「……ということは私の魔力の問題！　土の魔力もしょぼいけど、まさかの闇の魔力もしょぼ

いの!?」

しまった！　そういう意味ではなかったのだが、少し驚いてこちらも動揺してしまっていたようだ。僕は慌てて、

「カタリナさん、今、初めて使ったんだから小さいのは仕方ないよ。カタリナさんはイメージした物を実体化することができるんだから、何度かすればすぐに大きいものもできるよ」

と告げた。実際、魔法は訓練でよりコントロールできるようになるものだ。

そのように説明し、落ち着きを取り戻したカタリナと、さらに訓練を続けた。

「こう、こんな感じかな」

「うん。いい感じだよ」

そんな風に和気あいあいと進める訓練の時間はなんだか楽しくて、時間はあっという間に過ぎてしまった。

「じゃあ、今日は時間がきたので、ここまで」

カタリナの闇の魔法の訓練は午前中と決められていたので、時間を見てカタリナに声をかけた。

カタリナははっと気付いて、

「はい。ありがとうございました」

そう言って笑った。

そして片付けをしていると、すごい勢いでラーナが部屋に入ってきた。

時間的に考えて、とりあえずちゃんと部署の仕事をこなしてくれたようだ。

闇の魔力に興味津々のラーナに、カタリナの出したものと魔法を見てもらうと目を輝かせて喜んだ。

そうしてご機嫌になったラーナと、カタリナを先に返して、僕は使った部屋を最終確認し、施錠する。後は鍵《かぎ》を返せば終了だ。

今日は、あまりにも予想外のことも起きて、かなり動揺したりもしたが……緩む。僕は今にもぐにゃぐにゃに緩みそうな頬に手を当てた。

これは仕事で、任務で驚きの事態もあって、でも、僕はカタリナと二人で時間を過ごせたことがかなり嬉しかった。

顔にこそ出さないように気を付けていたつもりだが……終わって気が緩んだからか、頬の緩みが止められない。

素直で真っ直《す》ぐなカタリナ、彼女が手を差し出してくれたその日から、だいぶ月日は経ったが、心は未《ま》だに奪われたままだ。はたして戻ってくるのかどうかも疑問だ。

彼女を独占したいなんて気持ちは持ち合わせていない。しかし、陰ながらでも彼女のために何かしたい、守っていきたいという思いは捨てられない。

だから、そのためにも魔法省で努力し続けなければ、彼女を守れる力が少しでも欲しいから。

この半日で、しばらくぶりに自分にたくさん向けられた笑顔、それを思い出すだけで、あと数日は泊まり込みでも頑張れそうな気がした。

ラファエルから闇《やみ》の魔法を習い始めて数日が経《た》ったが、相変わらず黒い豆は黒い豆のまま大きくならない。

契約の書の解読も、同じように進まない。

そして、夢で明らかになった隠しキャラの存在。あっちゃんのプレイを見て一人はセザールだとわかったが、もう一人がわからなかった。それが誰《だれ》かを知るために、マリアに探ってみたりもしているが、それっぽい人もいない。

なんだか色々と物事が進まず、少しだけやさぐれ気味だ。

そんな気持ちを晴らすべく、私は今日も黙々と畑作業に精を出す。

こうして畑で作業していると、やさぐれていた気持ちもなんだかすっきりしてくるから不思議だ。やはり趣味は大事だなと思う。

「いや～、それにしてもたくさん実りましたね。これ収穫したらどうするんですか？」

収穫の時期を迎える実り豊かな野菜たちを見ながら、この魔法省に作られた畑の主であり、私の農業の師匠でもあるサイラスにそう尋ねると、

「ああ、これは毎年収穫したら、孤児院に寄付するんさ」

汗を手ぬぐいでぬぐいつつ、そう答えてくれた。

今日はマリアに用事があって不在のため気が抜けているのか言葉がやや訛《なま》っていた。

「え、全部、孤児院に寄付するんですか？」

私は自宅の畑でとれたものは、友人に配ったり、クラエス家の厨房《ちゅうぼう》で使ってもらったり、使用人の皆にお裾《すそ》分《わ》けしておしまいで、他《ほか》のところに持っていったことがなかったので驚いた。

そんな私を見てサイラスはふっとどこか自嘲《じちょう》気味に笑って、

「俺《おれ》のこの趣味は、こっちではほとんど誰にも打ち明けてないから配る先もないんだ。だから畑のことを知っている数少ない知り合いの一人に頼んで、孤児院で使ってもらってるんだ」

そんな風に言った。

「ああ、そうでしたね」

辺境の貴族子息として生まれたサイラスは、十五歳まで国の外れの領地で農家に混じって農業に精を出していたが、魔法学園入学の際に無理して猫を被《かぶ》った結果、現在に至るまでほとんどの人たちにクールビューティーな一匹狼《おおかみ》的存在として見られている。

よってこんな魔法省の端の人気《ひとけ》のないところで鍬《くわ》を担いで畑仕事をしてるなんて誰も想像しないのだ。

「でも、うちでは孤児院へ贈るものは基本的に金銭でって言われているんですが、野菜は大丈夫なんですか？」

クラエス家では『定期的に孤児院や平民の学校へ一定の額の金銭を寄付している』とお父様から聞いていた。それが高位貴族の義務で礼儀であるのだと。

そして各場所で必要なものが違ってくるので、寄付は基本的に金銭で渡すのだと教えられていた。

「ああ、クラエス家くらいの高位貴族だとそのようにできるかもしれないけど、下位の貴族はそう裕福ではないから、物を寄付することも多いぞ」

「ほぉー、そういうものなんですね」

確かに貴族だからと皆が皆、裕福なわけではない。生徒会の後輩の子も『実家が裕福ではなくてパーティーのドレスをそろえられない』と言っていた。

サイラスの実家だって家族総出で農業に精を出していたと言っていたし、そう考えると貴族とひとくくりにされつつも、その中身は様々なのだな。

ならば野菜を寄付しても何もおかしくないな。今度、私の畑でとれた野菜も寄付させてもらおうかしら。そんなことを考えていると、

「ただ王都の近くでは野菜を寄付するような貴族はいないみたいだから、商人ということにして届けに行っているがな」

サイラスがそう付け足すように言った。

あ、やっぱり貴族が野菜を寄付するのはちょっと変なのか、というか、

「商人ということにして届けに行っているって、サイラス様が自分で届けに行ってるんですか？」

てっきり誰かにお願いして届けてもらっていると思いきや、まさか自ら届けに行っていると

は驚きだ。そんな風に告げると、サイラスはかっと目を見開いて、

「ああ、やはり丹精込めて育てた野菜の行く末は、自らの目で最後まで見届けたいからな」

と言い切った。

「サイラス様、なんてカッコいいことを！　でもその気持ちわかります！」

私はサイラスのカッコよすぎる台詞《セリフ》にしびれつつ、大きく頷《うなず》いた。

やっぱり大切に育てた野菜たちのその後は気になるわよね！

私もどんな風に食べてくれたのか、味はどうだったのか気になるもの。

「おお、わかってくれるか！」

「はい！」

師匠と弟子は向かい合ってうんうんと頷きあった。

「もうそろそろ収穫して、次の休みあたりに一度、持っていこうと思っている」

サイラスは実った野菜を愛《いと》おしそうに見つめ、そう言った。

「そうなんですね……あっ、サイラス様、そのお届け、私も同行してもいいですか？」

私が思いついてそう言うと、

「えっ、ああ、構わないが」

少し驚きつつサイラスが許可をくれた。

「やった～」

私もこうしてお手伝いさせてもらった野菜の行く末を見てみたいのと、それと――。

「ただ商人のふりをして行くので、貴族扱いもされないし、子どもが寄ってきて遊んでくれということもあるが大丈夫か？」

サイラスがそんな風に言ってきたので、

「あ、そのへんはまったく大丈夫です」

とにこにこと返しておいた。

商人のふりは昔から（農業勉強の時に）よくやっているし、子どもと遊ぶのも好きだ。むしろ全力で遊びすぎて注意されることすらあるくらいだ。

「……そうか、まぁ、君なら大丈夫そうか」

サイラスはなぜか私の頭に被ったほっかむりを見つめながらそう返してきた。

そんな経緯を経て、私は次のお休みに孤児院へ野菜を届けるお手伝いをすることとなった。

進まない出来事に少しやさぐれ気味だった気持ちは、この約束ができたことですっかり上昇していった。

『孤児院に商人として野菜を届ける』初めての経験はワクワクする。

孤児院は公爵家の令嬢として訪問したことがあるけど、そういう場は子どもも皆、畏《かしこ》まっている。そもそも私たちの前に出てくるのは大きくてお行儀のよい子だけで、回る場所も片付けられた大まかな場所だけをちょこっと見るだけだ。

なので、ちゃんと孤児院に行くのも初めてと言える。

これまで農地や港町は割としっかり見てみることができた。今回は孤児院、そして普近の町をもっと見ておきたい。

　魔法学園を卒業し魔法省に入り、試験や業務を通して私は自分がこれまでいかに世間知らずだったかを実感した。

　これでは破滅を迎え、運よく国外追放になったとしても一人で生きていくことなど到底無理だと気付いた。

　貴族の令嬢としてぬくぬくと育った私には、世間一般の常識が薄い。

　だからもっと世の情勢を知り、やがて農家に就職して自立できるように経験を積んでおく必要がある。

　今回の野菜宅配でも色々と学ばせてもらわなくては！　私はそう意気込んだ。

　それにしてもサイラス師匠には色々とお世話になっているから、何かお返ししたいわね。

　何がいいかな。あんまりお菓子も好きじゃないみたいだし、野菜はあり余ってるし……そうだ！　野菜の配達にマリアを誘ってあげたら喜ぶかも、畑で黙々と作業するよりも、きっといっぱいしゃべる機会も持てるだろうし。

　よし、そうと決まれば早速マリアに声をかけておこう。


　そして、あっという間にサイラスと約束した孤児院に野菜を届ける日になった。

「カタリナ・クラエス。少しいいか？」

昇ってきた太陽に照らされ並んだ三台の馬車を背に、やや顔が引きつったサイラスにそう言って呼びつけられた。

私はおそらく怒られるのがわかっていたので、トボトボとそちらへと向かった。

「カタリナ・クラエス。単刀直入《たんとうちょくにゅう》に聞く。なぜ、こうなった」

そう言ってサイラスが手で示した少し離れたところでは、私の友人たちが楽しそうに談笑している。

義弟のキース、婚約者のジオルド、その弟のアランに婚約者のメアリ、ソフィアにニコルのアスカルト兄妹、そしてマリア。

総勢七名が商人風の衣服に身を包み、準備万端でスタンバイしていた。

「え～と、これはですね……まず、出かける話をキースにしたら、心配だからとついてくることになって」

「……ああ、君の義弟がついてくるだろうなというのは想定内だった。フォロー役もいるだろうとは思っていたので」

「ああ、そうなんですか。それで今度はサイラス様のためにマリアを誘ったんですけど」

「おい待て、なぜ俺のためになんだ」

サイラスが赤くなりそう返す。

「いや、もっと親交を深められるかなと思いまして」

「そ、そんな気遣いなど不要だ」

サイラスは赤い顔でそう返したが、チラリとマリアを確認した顔が嬉《うれ》しそうだったのを私は見逃《みのが》さなかった。

「そ、それで、君の義弟とマリアが一緒に行くというのはわかったが、後のメンバーはどういうことだ。なぜ王子に宰相の息子まで来ているんだ」

「いえ、それが実はマリアを誘った時にメアリやソフィアにも会って、次の休みには一緒に過ごそうという約束をしていたので、それでじゃあ一緒にということになって……そしたら、いつの間にか他の皆も……」

ジオルドやアラン、忙しいニコルまで一緒に来たのはまさかの想定外だった。

「……わかった。もうこうなってしまったら、追い返すわけにもいかないから共に行こう。少し身分が高すぎる一行になってしまったが、行く先の治安も悪くないし問題はないか」

サイラスは額を押さえつつそう呟《つぶや》いた。そして、

「ただ、一つ、聞いておきたいんだが、この野菜を育てた者のことなどは、どう話してあるんだ？」

そう聞いてきた。

「ああ、そこはとある人の野菜が余って、それをサイラス様が引き取って届けに行くと話してあります！」

サイラスが畑を作ってるのは皆には内緒だものね。私もそのくらいの機転は利く。

私がそう主張すると、サイラスはどこか遠い目をして「……そうか」と答えた。

そうしてサイラスとの話し合い？　を終え、私は皆の元へ向かった。

キース、ジオルド、メアリ、アランは楽しそうに話していた。

「だからわざわざ忙しい中、来ていただかなくても義姉さんのことは僕がしっかり見ておきますので大丈夫ですよ。ジオルド様」

「いえいえ、大切な婚約者を義姉弟とはいえ他の男に任せるわけにはいきませんから」

「あら、そもそもジオルド様はどうして今日ここにいらっしゃるのですか？　私たちはお声をおかけしてませんよね」

「ふふふ、メアリ。カタリナの情報を掴《つか》んでいるのは自分だけだと思わないことですね。特に僕の弟は非常にわかりやすい性格をしていますからね」

「アラン様、まさか敵に情報を流したのですか！」

「いや、ジオルドには話していないはずだが……というか敵って」

「そのようなこと使用人に確認すればすぐにわかりますよ」

「むっ、卑怯《ひきょう》な手を……」

「いつも、アランに僕の情報を探らせている君が言いますか」

マリア、ソフィア、ニコルは何やら箱を中心に囲んで話していた。

「えっ、ではそれはお弁当なんですか？」

「はい。お兄様ったら、昨日からすごく楽しみにされてて、夜から準備していたんですよ」

「そうなんですか、でもまさかニコル様がお弁当を作られるなんて」

「料理人に頼んだものを少し手伝っただけだ。良ければマリアも味見してみてくれ」

「いいんですか、光栄です」

「皆、そろそろ出発するって〜」

私がそう声をかけると皆が振り返る。

「はい。では、カタリナ、手をどうぞ」

すぐにジオルドがエスコートの手をすっと出してくる。こういうところはなんだかすごく王子様だなと思う。しかし、今の私にはミッションがあるので、

「あ、ジオルド様、今はちょっとマリアに用事があるんで」

そうお断りさせてもらって、

「さぁ、マリア、馬車までエスコートするわ」

私はそう言ってジオルドを見習って、優雅に手を差し出した。

「……えっ」

マリアがびっくりして固まっている。

あれ、誘い方、何か変だったかなと首をかしげているとキースが、

「義姉さん、いきなりどうしたの。今度はどんなおかしなことをしようとしているの？」

小声でそう言ってきた。

「おかしなことって失礼ね。私はサイラス様の恋のお手伝いをしてあげようと思って、サイラス様とマリアに同じ馬車に乗ってもらおうとしているだけよ」

私も小声でそう返すと、キースはきょとんとして、

「あっ、そういうことか」

と納得したようだ。

「でもそれ、肝心のサイラス様は知ってるの。颯爽《さっそう》と御者の隣に乗ってるけど」

そう言われて、馬車の方を見るとキースの言う通り、いつの間にかサイラスが御者の隣に乗り込んでいた。

私は慌ててサイラスの元へ引き返した。

「サイラス様、なんでちゃっかり御者の隣に座ってるんですか！」

「ああ、孤児院までの道順は私の方が詳しいから案内をしようかと思ってな」

「それは素晴らしいですが、せっかくの道中なんですから、マリアと同じ馬車の中に乗って一緒に楽しくおしゃべりしたらいいじゃないですか」

「……カタリナ嬢、俺に馬車の中などという狭い空間で、あんなに可憐《かれん》なマリアと長時間過ごすことができると思うか、いや、無理だ。のぼせ上がって倒れる可能性すらある。よって却下だ」

サイラスが一息でそう告げてきた。

その顔はとても冗談を言っているようには見えない真剣なもので、さすがの私もそれ以上、

何も返せなかった。

　そして、サイラスの女性への免疫の低さは私の想像以上だということがわかった。

「あの、カタリナ様、これ作ってきたお菓子です。どうぞ」

　マリアがはにかんだ顔でそう言ってお菓子を差し出してくれれば、

「では、私のお茶もどうぞ。茶葉から育てたものを今朝、淹《い》れてきましたの」

　メアリがそう言ってポットのお茶を勧めてくれ、

「あっ、私もお薦《すす》めのロマンス小説を持ってまいりましたので、ぜひお持ち帰りください」

　ソフィアがそう言って大きな鞄《かばん》をドンと出してくれた。

　お菓子もお茶も美味《おい》しそうで、お薦め小説もきっと面白いのだろう。ただ量が半端ないけど。

　結局、サイラスが御者の隣に収まったので、馬車は女子チームと男子チームで別れて乗ることとなった。

　お世話になっているサイラスのため『仕事はできるが女性に不慣れなサイラスが少しでもマリアと仲良くなれるように応援しよう』計画は上手《うま》くいかなかったが、こうして久しぶりに女の子同士でワイワイとできるのは嬉しい。

「ありがとう。じゃあ、皆でいただきましょう」

　そうして私たちはマリアのお菓子とメアリのお茶をいただく。

今日は孤児院のお手伝いもあるとのことで朝が早く、ご飯をしっかり食べてこれず、お腹《なか》が空《す》いていたので嬉しい。

いただいたマリアのお菓子は今日も最高に美味しくて、メアリのお茶もお菓子に合ったさっぱり味でこれもまた美味しかった。

美味しいお菓子にお茶で話も盛り上がる。

「――それでお兄様ったら、すごく浮かれてしまって、移動中のお弁当まで作ったんですよ。これ、こちらの分です。よかったらどうぞ」

「おぉ、これをニコル様が作ったんですか？　上手《じょうず》ですね」

「私は先ほど少し味見させていただいたんですけど、すごく美味しかったです」

「ニコル様は多才でいらっしゃるわね」

「うふふ。お兄様はすごいんですよ」

「ソフィアは本当にニコルが大好きね」

「はい。大好きです。あ、でも、カタリナ様のことも大好きですから」

「あら、ありがとう」

「ソフィア様、抜け駆けは駄目ですわ。私もカタリナ様が大好きですから」

「ありがとう、メアリ」

「あ、あの、私もです。……私もカタリナ様が大好きです」

「マリアまで、ありがとう。私も皆が大好きよ」

「カタリナ様〰〰〰」

「わっ、メアリ、こんなところで抱きつくと危ないって」

「あ、すみません。つい」

「でもお菓子もお弁当も無事だったから、大丈夫よ。さぁ、お弁当もいただきましょう」

私たちはそんな風にガールズトークをしながら馬車での移動を楽しんだ。

ちなみにニコルのお弁当もそれは美味しかったので、あとで称賛とお礼を伝えた。

★★★★★

どうしてこのような状態になったのだろうか。

僕、ジオルド・スティアートは馬車の中に並んだメンバーを眺め、小さく息を吐いた。

弟のアランに婚約者の義弟キース、そして宰相の息子ニコル。幼い頃《ころ》からもう十年来の馴染《なじ》みのメンツである。

事の発端は、弟アランがここのところどうもソワソワしていたことだ。

その様子が気になったので少し使用人に探りを入れると「どうやら婚約者であるメアリと出かけるようだ」とわかった。

アランとメアリが公務以外で、二人で外出するのも非常に珍しければ、それでアランがソワソワするのも不自然なことだ。

もう少し調べてみれば、案の定、メアリと二人で出かけるのではなくカタリナたちと共に出かけるのだとわかった。

アランがやたらソワソワしていたのは、おそらくメアリに僕には気付かれないようにし、そして僕の動向を探れとでも言われたんだろう。

弟はもはや完全に婚約者メアリの従僕であるからな。

しかし、メアリ・ハントも抜かったな。自らの言葉でよりアランを動揺させ、こちらに尻尾《しっぽ》を掴ませてしまった。

彼女の敗因は自らの婚約者の演技力のなさ、素直さを甘く見ていたことだ。

そうして誰に似たのか素直すぎる弟のお陰で、僕を除《の》け者にしようとしたメアリの作戦は破れ、こうして僕もカタリナと共に出かけることに成功した。

そして本来なら、今頃、カタリナと並んで座っているはずだったのだが……。

「へぇ～、このお弁当、ニコル様が作ったんですか」

「すごいな。美味《うま》そうだな」

「料理人を少し手伝っただけだが……よかったら食べてみてくれ」

「おぉ、いいのか？　じゃあ一ついただきます。おっ、美味い」

「では、僕も一つ、いただきます。うん。美味しい。ニコル様、料理までできるんですね。すごいな」

ニコルお手製の弁当を口にし、アランとキースがそう言うとニコルは無表情ながら嬉しそうな気配を出していた。

今日は、あちらで手伝いもあるということで、早朝出発であり、朝食をしっかり食べる時間がなかった。

この状況で弁当を持ってくるとはとても気が利いているとは思うが……しかし、男の手作り弁当を男同士で嬉しそうに食べあうのは何か違う気がする。本当にどうしてこのような状態になったのだろうか。

僕はつい先ほどの出来事を思い出した。

僕のエスコートをすげなく断り別の女（マリア）をエスコートしようとしたカタリナは、キースに何か言われると、サイラス・ランチャスターの元へと一直線に駆けていった。

何事かと見ていると、少し話をすると、明らかにしょんぼりした様子で戻ってきた。

どういう状況だと思いつつ、しょんぼりしているカタリナを浮上させるべく、声をかけようとしたのだが、少し先に強力なライバルが口を開いてしまった。

「あの、カタリナ様、私、カタリナ様に食べていただきたくてお菓子を作ってきたんです。よかったらどうですか？」

「えっ、マリアの手作りお菓子！」

「はい。カタリナ様用の新作も作ってきたのでよかったら」

「やった～、食べる食べる。馬車の中で食べてく」

先ほどまでのしょんぼり顔が一転、満面の笑顔になったカタリナに、

「私はお茶を持ってまいりましたので、馬車の中でお菓子とお茶をいただきましょう。女の子同士で」

メアリがにっこりとそう言うと、ソフィアも「いいですね」と嬉しそうに賛成し、そうなると妹大好きニコルもうんうんと頷き……必然的に残された男同士で馬車に乗ることとなった。

なぜかカタリナにエスコートされて馬車に乗り込むことになったマリアは（決して他意はないだろうが）非常に嬉しそうな顔を浮かべており、メアリ・ハントは満足そうな顔、ことさらに自慢げな目をこちらへ向けてきた。

おそらく今頃、あちらの馬車の中は、それは楽しい雰囲気なのだろう。

「おい、ジオルド。どうしたんだ。ぼーっとして。お前もニコルの手作り弁当食べさせてもらえよ。すごい美味いぞ」

アランが弁当の中身を手に取りつつ言ってきた。

その能天気な顔になんだか無性に腹が立ち、その頭を手刀でぽんと叩《たた》いてやると、

「わっ、……っていきなり何すんだよ。落としちまったじゃねぇか」

アランは驚いて持っていた弁当のおかずを落としてしまった。

「わりぃ。ニコル。せっかくのおかずを駄目にしちまって」

アランは慌てて落ちたものを拾いながらニコルに謝り、

「気にするな」

ニコルはそう返す。

「すみません。うちの馬鹿《ばか》が」

僕も兄として詫《わ》びると、すかさずアランが睨《にら》んできた。

「いや、そもそもお前のせいだろう」

「いえ、君の不注意でしょう」

「お前な〜」

そんな僕らのやり取りの横で何やら鞄をいじっていたキースが、

「どうぞアラン様、拾ったものはこの袋へ、はい、手はこれで拭《ふ》いてください」

そう言ってテキパキと袋を広げて、手拭きを差し出した。そんなキースに、アランは口をポカンと開け、

「キース、お前、手際がよすぎだろ。幼子を育てる母かよ」

とやや呆《あき》れた声を出した。

「え、いや、その、つい癖で」

恥ずかしそうにそう顔を下げたキースに、ニコルが真顔で、

「うむ。キースは素晴らしい母になれるな。これならいつでも嫁げる」

と褒めているのか、なんなのかわからない台詞を吐いた。

それにアランは爆笑し、キースはぶんぶんと手を横に振った。

「いえ、ニコル様、僕、男だから母にはなれないんで。あと嫁ぐ予定もないんで」

「……そうか。もったいないな」

ニコルは真剣な顔でそう返した。

「ははは、確かにもったいないな」

アランは相変わらず爆笑している。

せっかくの休日だというのに、カタリナといちゃつくこともできず、こんな男だらけで騒ぐなんてまったく……でもまぁ、たまにはこんな時間もあってもいいか。

こんな風に思えるようになるなんて僕もだいぶ変わったものだ。昔の僕なら絶対にこんな無駄な時間はうんざりだとか思ったのだろうから。

しかし、こんな変化も悪くない。こうして世界は広がり変わっていくのだ。これもすべて彼女に出会えたから。

さて、僕も加わるとするか。

「キース、いつ嫁いでもらっても大丈夫ですよ。僕が君の義兄として素敵な花嫁衣装を準備してあげますから」

にっこりそう言えば、キースは眉間《みけん》に皺《しわ》を寄せた。

「いらないです！　そもそも嫁がないんで！　それからジオルド様の義弟になる予定もないので！」

「何を言っているんですか、僕はカタリナと結婚するんですから、君は僕の義弟になるんですよ」

そんな僕の言葉にキースより先になぜかアランが反応した。

「そうか、そうなるとキースは俺の義弟になるのか？」

「へっ、アラン様まで何を言いだすんですか！」

「いや、だってジオルドの義弟なら、俺の義弟にもなるんじゃないか？　キースは俺たちより生まれたの後だし」

「確かに生まれたのは後ですけど……ってそうじゃなくて――」

久しぶりのメンツで、こうして騒ぐ時間もそう悪くないな。

こうして僕は、久しぶりのやり取りをなんとなく楽しんだ。

★★★★★

「到着しました」

馬車が停《と》まり、御者にそう声をかけられて外へ出るとそこはそれなりに開けた庭だった。

整備された先にはそこそこ大きな建物が立っている。おそらくあれが孤児院なのだろう。

今まで私が訪れたことのある王都付近の孤児院よりも少し大きめな印象を受けたが、他はさほど変わらない感じがした。

ソルシエの孤児院は主に国が運営しており、貴族も定期的に寄付をしているので、建物も清潔できちんとしている。孤児院から学校に通い、卒業すると働き口を紹介して自立を支援するという仕組みになっている。

私たちが皆、馬車を降りると、建物の方から年配の女性が一人歩いてきた。

「ようこそいらっしゃいました。毎年、ありがとうございます」

女性はサイラスにそう声をかけた。

「お出迎え、ありがとうございます。院長」

サイラスがそう返したことで、その女性がこの孤児院の院長であることがわかった。

「こちらが、連絡していた私の知人たちです。今日は共に手伝いたいということで同行しました」

サイラスがそう言って私たちを紹介すると院長は、

「あらあら、聞いていたより大勢でありがたいです。私はこの孤児院の院長でマギーと言います。本日はよろしくお願いします」

そう言ってにこやかな笑みを浮かべた。

サイラスの話では、一番の責任者である院長だけには本当の身分を伝えてあるとのことだったので、マギー院長はおそらく私たちのことも承知しているのだろうが、そんなそぶりは微塵《みじん》も出さなかった。

「では早速、野菜の搬入や、お手伝いをお願いしますね」

マギー院長はにこにことそう言った。

持ってきた野菜を運ぶのは、人手もあったのですぐに終わった。

だが、その後のお手伝いというのが意外なものだった。

「え～と、子どもたちに勉強や料理や裁縫を教えるんですか？」

私がびっくりしつつ聞き返すと、サイラスは『うむ』と頷いた。

「そうだ。ソルシエの孤児院では、ここから学校へ通えるようにはなっているが、それでも個別に勉強を見たり、他に色々と教えたりする要員までは確保できていない。だからこうして大人《おとな》が訪れた時、勉強を見れる者は見てやり、家事を教えられるものは教えたりしているんだ。子どもたちの将来のためにな。私も毎回、勉強を見ている」

「そうなんですね」

言われてみればこちらの世界の学校では皆に勉強は教えてくれるが、個別にゆっくり指導してくれたり、家事などまでは教えてはくれない（それでも皆が学校へ行けるのは大国ソルシエだからこそだが）。誰かが教えてあげないとできるようにはならない。

だけど、そのようなことをやっているなんて、今までの貴族としての訪問ではまったく見たことがなかった。

そのように言うと、

「貴族に勉強を見てもらおうなどとはならないだろう。そんなことをされても逆に教わる側も気を使って迷惑になるだろうしな」

サイラスが少し首を竦《すく》めて言った。

それはそうか。そもそも皆、畏まって緊張してるのに、気軽に勉強を見てもらったりできないよね。

しかし、お手伝いがお勉強を見ることだとは……どうしたものか？　私はう～んと考え込んだ。

そんな私から皆に視線を移しサイラスが問いかける。

「私はいつも通り勉強を見てやろうと思うが、君たちはどうする？」

「俺も勉強を教えよう。裁縫や料理は教えるほどできん」

ニコルがそう答えると、

「私、裁縫なら少しお教えできるかもしれないです」

ソフィアがそう小さく手をあげる。

「では私も裁縫をお教えしましょう。それなりにできますから」

と社交界の花であるメアリがニコリと言った。ちなみにメアリのそれなりは完ぺきであるという意味だ。

「あの、では私はお料理を、大したものは作れませんが」

お料理上手なマリアは謙遜《けんそん》しつつそう言う。

「ジオルド、キースも教えるのは得意だろう。一緒に勉強を見てやろう」

ニコルにそう言われ、

「そうですね」「はい」

と二人も頷いた。

さすが、皆、あっという間に役割分担が決まっていく。

私は――私がまだできそうなのは――。

「よし、じゃあ、私もマリアとお料理を――」

私がそう言って腕を回すと、

「ちょっと義姉さん、義姉さんに料理は――」

「カタリナ、さすがに孤児院の厨房を壊すわけには――」

キースとジオルドに全力で止められた。

そりゃあ、魔法学園やクラエス家では少し厨房を壊してしまったこともあったけど……大丈夫な時も多いのに……。

「でも私、人に勉強を教えるなんてできないし、裁縫も布より手を刺す方が多いから、他にできそうなことがないのよね」

学年トップの精鋭たちにみっちり勉強を教えてもらっても平均点がやっとで、裁縫はすれば「糸と布がゴミになるだけね」とお母様に言わしめる状態なのだ。

「そ、そうだね。義姉さんには教えるのはちょっとあれだよね」

キース、義姉を可哀《かわい》そうな目で見ないでくれ。

「そうですね。カタリナは僕たちの応援をしていてくれればいいですよ」

ジオルド、それはもはや手伝いではないから。

いや、私にも何かできることがあるはず、掃除や洗濯とか何かないのか、そのように聞いてみると、マギー院長は頬《ほお》に手を当て考え、

「掃除や洗濯は係の者がいますので……あ、そうだ！」

ポンと手を打った。


「それで、なんで俺までお前と一緒に、ガキどもと遊ばなきゃならないんだ」

そんな風に言ってきたアランに私は、

「アラン様だって勉強とか人に教えたりするの得意じゃないって言ったじゃないですか」

そう返した。

皆が率先して、それぞれの得意な分野に立候補する中で、アランが「俺はあんまり人に教えるとか得意ではないんだよな」とこぼしていたのを私は聞き逃さなかったのだ。

「いや、確かに得意ではないが、お前と違ってできないってことはないからな」

「まぁ、いいじゃないですか。小さい子どもと遊ぶの楽しそうじゃないですか」

まだブツブツ言うアランに私はそう言った。

マギー院長が提示してくれた他のお手伝いは、孤児院の小さな子どもたちと遊んで欲しいというものだった。

学校に通っていない小さな子どもたちは、大人の監視のもとで、いつもは子どもたちだけで遊んでいるが、たまに大人が一緒に遊んであげると、とても喜ぶのだそうだ。

子どもと遊ぶ、それなら私でもできそうだ。

私は意気込んでそのお手伝いを引き受けた。

だがやはり大人一人では味気ないかなと思い『あまり人に教えるのは得意なほうではない』とこぼしていたアランを仲間として引っ張り込んだ。

ただ、他の皆も子どもと遊ぶと聞いてこちらに来たがった。やっぱり皆も勉強より遊ぶ方がいいよね。

だけどマギー院長に『遊び要員はそんなにいりません』ときっぱり言われて引き下がっていたが、それでも私とアランを羨《うらや》ましそうに見ていた。

うん。皆の気持ちをくんで、皆の分もたっぷり遊ぼう。

「さぁ、じゃあ、何をして遊ぶ？」

私は子どもたちに問いかけた。

室内で遊ぶこともあるということだったけど、今日はとてもお天気がよいので外で遊ぶとのことだ。

遊び場は前世の学校のグラウンドみたいな場所で、違うところはフカフカで手入れされた芝《しば》生《ふ》が植えられているというところだ。小さな子どもたちが転んでも怪我《けが》をしないようにという配慮らしい。

普段から知らない大人が出入りすることが多いということからか、子どもたちはわりと人懐っこかった。

「鬼ごっこしたい」

「かけっこがいい」

「かくれんぼうがいい」

皆がワイワイとそれぞれやりたいことを言ってくるがそろわない。

「う〜ん。そうね。じゃあ、順番にやっていこう。まずは鬼ごっこから」

私はそう言うと、両手を顔の横に上げてガオーのポーズを作った。

「まずは私が鬼よ。捕まった子はむしゃむしゃ食べちゃうわよ」

「キャー」「あははは」「うわぁー」

子どもたちはそれぞれ楽しそうに声をあげ散り散りに逃げていく。

私はダッシュでそんな子どもたちの後を追った。

こんな小さな子どもたち、すぐ捕まえられるだろう。そう思ったのだが――。

「はい。捕まえた」

私の腰ほどにも背が届かない小さな女の子を抱きつくように捕まえそう言うと、女の子はキャーキャーと楽しそうな声を出した。かたや私の方はだいぶ息が切れてきた。

子どもたちのすばしっこさが想像以上でなかなか捕まえられない。それも一人二人なら全然、問題ないんだけどこの人数だとかなりきつくなってくる。

このままではまずいな。私は鬼ごっこに参加せずに監督のようにこちらを眺めていたアランに、

「アラン様、アラン様も参戦してください」

と声をかけた。

「はぁ、俺もか？」

「そうです。アラン様も遊んであげる要員で来たのですから、お願いします」

どうもやる気のないアランをそう言って鬼ごっこに引っ張り入れた。

「では、この人も私と同じ鬼よ。行きますよ」

子どもたちにそう言うと、皆「わぁ～鬼が増えた～」ときゃあきゃあ歓声をあげる。

「いや、俺はまだやるとは」

「では、始め～」

私がそう言うと、アランは、

「……ったく。仕方ねぇな。全員すぐに捕まえてやるぞ」

そう言って子どもたちを追いかけ始めた。

アランは素晴らしい戦力だった。足も速いし素早くてあっという間に子どもたちをどんどん捕まえていく。

だけど、アランにばかり任せてもいられない。私も頑張らねば。

ちょうどアランが逃げ足の速い男の子を追いかけていたので、挟みうちにして捕まえようと、

私はこっそりアランと男の子が駆けていく方に先回りし、木の陰に隠れた。

「へへ。捕まえられるもんなら捕まえてみな〜」

「……っぅ。ちょこまかと」

二人がやってきたので、私はさっと木の陰から出て、

「よ〜し。助太刀《すけだち》するわ。捕まえてやるわよ」

そう言って男の子の前に回りそのまま捕まえようとしたのだが、

「おっと危ない」

男の子はそう言ってひょいっと横にすり抜けたが、私はそのまま勢いを殺せずに目の前のアランに突っ込んだ。

「はへぇ」

「うわっ!?」

アランの声がした。

ドンと衝撃がくる気がしたが、大丈夫だ。

あれ？　思わずつぶってしまった目をぱちりと開けると目の前には肌色。そして身体の下はなぜかごつごつしている。

「……おい、いい加減に退《ど》け」

すぐ耳元で声がして首を起こすと、ものすごく間近にアランの顔があった。

あれ？　よくよく見ると、仰向けのアランを完全に下敷きにしていた。

「うわっ、ごめんなさい」

慌てて私が退くと、アランは手で顔を押さえ、息を吐きながら起き上がった。

「……ったく。あんまり危なっかしいことすんじゃねぇよ」

そう言ったアランの顔が赤くなっていた。

「あっ、アラン様、私の顔がぶつかったせいで顔が赤くなってしまってます。すみません」

アランの顔と思われるところに、顔面から勢いよくぶつけてしまっていたので、本当に申し訳ない。

「……これは、その……気にするな。それから、お前はもう足がもつれてきてるから少し休んどけ」

アランはそう言うと、足早にまた子どもたちの元へと向かっていった。

言われてみれば、先ほどアランに突っ込んでしまったのは、疲れて足がもつれていたせいもあったかもしれない。

アランが上手に受け止めてくれたからひどい衝突にならないで済んだが危なかった。

ここはなんやかんや言いつつ、優しい幼馴染《おさななじみ》の言う通り少し休ませてもらうとしよう。

私は木陰に腰を下ろし、子どもを追いかけるアランを見つめた。

この少しの時間で子どもたちはもうアランにかなり懐いていて、とても楽しそうに遊んでいる。

なんかアランっていいお父さんになりそうだな。

そんなことをぼんやりと思いながら、私はしばし休息した。

★★★★★

俺、アラン・スティアートは全力で子どもを追いかけていた。

そうでもしていないと、色々と落ち着かなかったからだ。

そもそも、こんな風に子どもの相手をすることになったことが想定外だ。

手伝いの内容を聞いた時には、それほど得意ではないが勉強でも見てやればいいと思ったのに、なぜかカタリナに引っ張られてこんなところに来てしまったのだ。

まったくやってられないと思いつつも、それでもカタリナと一緒なのは嬉しかった。

兄の婚約者であるカタリナに俺が思いを寄せてしまっているのは、誰も知らない俺の秘密だ。

どうにかなろうなんて思ったことはないし、これからもそんな風に思うことはないだろう。

だがそれでも、こうして二人になれれば浮かれてしまうし、その姿をつい目で追いかけ笑みが浮かんでしまう。

一生懸命に子どもを追いかけるカタリナは、子どもの頃と変わらず眩《まぶ》しくて、そして可愛《かわい》らしかった。

そうしてその姿を見ているだけで十分だったのに、まさかあんなことになるとは……。

なかなか捕まらない生意気なチビを追いかけていたら、突然、木の陰からカタリナが飛び出してきて、そのままこちらに突っ込んできた。

咄嗟《とっさ》に強くぶつからないように受け止めたがバランスを崩し、カタリナが俺の上に倒れるという結果に終わってしまった。

そうカタリナは俺の上にただ倒れただけなのだが……それが、俺が仰向けであちらがうつ伏せだったために、なんだか抱き合うような形になってしまったのだ。

それだけでもかなりまずかったのに……倒れた時、あいつの唇が俺の頬に当たった。

カタリナは気付いていないのか、気付いていて気にしていないのかわからないが、まったく反応していなかったが、こちらからしたら大問題だ。

顔に一気に血が上った。

だって頬に唇がくっつくって……頬にキスされたようなものだ。

カタリナの唇、なんと言うか、すごく柔らかかった。それに密着した身体も……まずい考えれば、考えるほど色々まずい。

これはもうとりあえず無心で鬼ごっこをするしかない。

俺は頭を振り、気持ちを切り替えて子どもたちを追いかけた。

そうしてようやく全員を捕まえた頃にはようやく少し落ち着いた。そこへ、そもそもの元凶が、

「アラン様って子どもと遊ぶの上手ですね。いいお父さんになりそうですね」

そんな風に呑気《のんき》に、これまた微妙なことを言ってきたもんだから、思わずその頭をポンと叩いてしまった。

「ちょっと、いきなり何するんですか、アラン様」

頬を膨らまして怒るその姿さえも可愛くて、また先ほどの唇の感触を思い出して、動揺してしまう。

これはちゃんと落ち着くのにしばらく時間がかかりそうだ。

★★★★★

「じゃあ、数えるね。いち〜、にぃ〜」

この中では年上の子どもがそう言って目を閉じて数を数え始める。

鬼ごっこを終え、かけっこもして、今度はかくれんぼうをすることになった。

いつもそうしているのか、ちびちゃんたちは年長者とペアになった。

あとおませな女の子がアランをペアに指名していた。

アランったらあんな子どもにまでモテるとはすごい。さすが攻略対象王子様。

ちなみに私は誰にも指名されなかった。

決して嫌われているわけではなく『鬼ごっこで転び、かけっこでも足をもたつかせた私と組むと負けるかも』と言われてしまったためだ。子どもの世界はシビアだ。

しかし、これはチャンスだ。だいぶへとへとなので、申し訳ないが真剣に隠れて、そこで休憩させてもらおう。私は少し遠くにも足を向けた。

そうして隠れる場所を探していると、庭の先に子どもが一人で歩いているのを見かけた。

私と遊んでいる子どもたちより大きいし、学校に通っているくらいの年齢の子どもだ。

あの年頃の子どもは今頃、お勉強や習い事をしているはずなのに、どうしたのだろう。

不思議に思っているうちに、子どもはスタスタと歩いていってしまった。

お使いか何かに行ったのかな。

そんなことを考えて建物の角を曲がると、裏口のドアのところにある階段に意外な人物が腰をかけているのを発見した。

「えっ、ニコル様！」

思わず声をあげると、うなだれるようにしていたニコルが顔を上げ、こちらに視線を寄越した。

「……カタリナ」

そう呟いた顔はいつもと変わらない無表情のようで、それでいて少し落ち込んでいるように見えた。

「え～と、あのどうしたんですか、勉強を見てあげていたんじゃないですか？」

ニコルは確か子どもの勉強を見ると名乗り出ていたことを思い出し、そのように聞いてみると、

「……俺は子どもには刺激が強すぎるから、出ていって欲しいと言われてしまった」

ニコルはそう悲しそうに呟いた。

そうだった。ニコルって無意識に魔性の色気を垂れ流してしまうという厄介な性質を持っていたのだった。

私たちは長年の付き合いでだいぶ耐性がついてしまっているから忘れてしまっていたが、確かにいたいけな子どもには魔性の色気は刺激が強すぎてまずいかもしれない。

理由はわかった。仕方ないことだ。誰も悪くない。

いや、強《し》いて言うならニコルに魔性の色気を与えた神様が悪いかもしれないが、今ここでそこに文句を言っても仕方ない。

仕方ないことなんだけど……このしょんぼり具合はせつない。

ニコル、皆と久しぶりに一緒で何気に楽しそうな雰囲気出してたし、妹のソフィア曰《いわ》く、自分でお弁当を作ってしまうほど楽しみにしていたらしいのに、ここにきての戦力外通告の独《ひと》りぼっちはあまりにも可哀そうだった。

さっきまで小さな子どもたちと遊んでいたからか、しょんぼりしたニコルがなんだか小さな子どもの姿にかぶった。

私はニコルに近づいてその頭を抱き込み、

「大丈夫ですよ。ニコル様のできるお手伝いを一緒に探しましょう」

そう言って撫《な》でた。

ニコルは一瞬、びくりとしたけど、そのまま静かに身を任せてくれた。

もう私より大きくなったニコルだけど、なんとなく小さい頃のニコルを思い出した。

★★★★★

俺、ニコル・アスカルトは今、まさに一つの罪を犯していた。

友人の婚約者であるカタリナ・クラエスに頭を抱きしめられたまま、拒絶することなく堪能《たんのう》しているという罪だ。

カタリナのこの行為に、恋情的なものは一切ないのはよくわかっている。

先ほどまで遊んでいた子どもたちと同じように俺にも接しているだけだ。

落ち込んでいるようだから、慰めてあげようというただそれだけだ。だから『もう大丈夫だ』と言えばすぐにこの暖かな温《ぬく》もりは去っていくだろう。

しかし、いくらカタリナにそんな気はなくてもこの状況はまずい。人気のない場所で妙齢の男女がすることではない。

ジオルドに、いや、人に見られたらまずい。すぐにカタリナに『大丈夫だ』と言って離れてもらわなければならない。理性ではわかってはいるんだ。

わかっている。ただ長年、押し込めてきた欲望が理性の言うことを聞いてくれない。

暖かく幸せな温もりから離れたくないとだだをこねている。

この間の会合でほとんど事故とはいえ、カタリナに触れてしまったのもまずかった。色々と抑えてきたものが崩壊しそうになった。

その影響がいまいち抜け切れていないのか、理性が上手く働いてくれない。

こんな風にカタリナと触れ合っているだけでもまずいのに、もっと触れたいと求めてしまう。

まずい。本当にまずいと思い悩んでいたところに、

「あっ、お姉ちゃん、みぃーっけ」

幼い子どもの声がして、俺は慌ててカタリナの腕の中から抜け出た。

小さな女の子が一人こちらへ駆けてきた。

「あっ、見つかっちゃった」

俺と違いまったくやましい気持ちのなかったカタリナはそんな風に言って女の子の元へ向かった。

「あとはね。お兄ちゃんたちがまだ見つからないの」

「ああ、あのお兄ちゃんは賢いから上手に隠れてるんだね。私も一緒に探すよ」

「うん。お願い。お姉ちゃん」

女の子はそんな風にカタリナと言いあうと、今度は俺の方に目を向けた。

「あの、お兄ちゃんは？」

「ああ、あのお兄ちゃんも一緒に遊んでもいい？」

カタリナがそう聞くと女の子は、

「いいよ」

と元気に答えた。

「……カタリナ。俺が入っても大丈夫なのか？」

「はい。こっちは入学前の小さい子ばかりなんできっと大丈夫ですよ。さぁ、一緒に行きましょう」

そう笑顔で差し出された手を取らない選択肢はなかった。

★★★★★

しょんぼりニコルがあまりに可哀そうで遊びチームに引き入れた。

さすがにこんなに小さい子たちまで魅了しないだろうと思ってだったが、ニコルの魔性の魅力は想像以上で、小さな子たちも「すごい綺麗《きれい》なお兄ちゃん」と見惚《みほ》れていた。

だがここはお勉強の場ではなく遊びの場なのでとくに集中する必要もない。

それに小さな子どもたちは遊びに夢中になってしまえば、ニコルの魔性のオーラもさほど気にならないようだった。

しかし、素敵なお兄さんの追加によって子どもの人気を一気に取られてしまった。

いまいちなお姉さんより、足も速く賢いお兄さんが人気になるのは仕方ない。仕方ないけど、やはり悲しい。

ちょっぴりしょんぼりしていると、孤児院の職員がおやつの時間だと呼びに来た。

ちびっこたちにはおやつタイムがあるのだそうだ。

一緒に遊んでいたということで私たちもちゃっかり一緒にいただけることになった。

「いただきま～す」

子どもたちと食堂へ行き、小さい椅子《いす》に腰かけ、皆で挨拶《あいさつ》をしておやつをいただく。

おやつはシンプルな焼き菓子だった。

手で取ってぱくりと口へ運ぶ。ほんわりとした優しい甘さが口に広がった。

「んっ、これはなんだか馴染みのある味ね」

私がそう呟くと、近くにいた職員が、

「あら、よくわかりましたね。こちらはご一緒に来られたマリアさんという方がここの子どもたちと一緒に作ってくださったものなんですよ」

と教えてくれた。なるほどそれは馴染みのある味だ。ついさっきも馬車の中でいただいてきたばかりだ。

うん。でもシンプルな焼き菓子でもこんなに美味しいんだからさすがマリア。

他の皆も美味しい、美味しいと言って食べてくれている。

『ふふふ、私たちのマリアはすごいでしょう』とまるで自分のことのように誇らしく思っていると、食堂にマリア本人が現れた。

そして食堂の前の方に、私が遊んだ子どもたちより少し大きい子どもたちと共に並んで立った。

「今日のお菓子は私とここにいる子たちが作りました」

マリアはそう言って、横にいる子どもたちを「とても手際がよくて」「とても混ぜるのが上手で」と褒めながら紹介した。

そんな風に紹介された子たちは、どの子も誇らしげな顔をしており、おやつを食べたちびっこたちも「すごいね」と憧《あこが》れの眼差《まなざ》しを向けていた。

こんな顔を引き出せるなんてすごいな。子どもたちに教えてあげるってこういうことなんだな。マリアは本当にすごい。

「マリア」

子どもたちの紹介を終え、私のテーブルの近くまで来たマリアに声をかけた。

「お菓子美味しかった。それに子どもたちをあんなキラキラした表情にできるなんて、マリアは本当にすごいね」

そう話すと、マリアは首を横に振った。

「いえ、すごいのは子どもたちです。皆がとても一生懸命だからです」

それから、マリアは子どもたちに料理を教えた時の出来事を、私はちびっこたちと遊んだ話をそれぞれ話した。

「――それで、おやつのお菓子を作ったら、夕食のおかずも一品作ってみたいということになって、許可をいただいたのでこれからその分の材料を買い出しに行こうと思ってるんです」

「子どもたちと皆で行くの？」

「いえ、さすがにそれは危ないので私と職員方で行くつもりです」

「そうなんだ……あっ、そうだ！　マリア、職員さんよりいいお手伝い係がいるわよ」

私はいいアイディアを思いついた。

今度こそ、師匠に恩返しだ。

「……無理だ」

私の提案に少し考え込んだ後、サイラスはきっぱりとそう返してきたので、

「えー、なんでですか！　今度は馬車という名の密室じゃないんですから大丈夫でしょう！」

と思わず抗議の声が出た。

「それは密室ではないかもしれないが、二人っきりなど無理だ。仕事ならば無心をつらぬいてなんとかなるかもしれんが、私用であのような愛らしい女性と二人なんて……息ができなくなる」

サイラスが眉《まゆ》を下げてそう告げた。

マリアと密室は無理だと馬車に乗れなかったサイラス。

せっかくサイラスが喜ぶかなと思ってマリアを誘ったのに、孤児院のお手伝いでも二人はほとんど接する機会はなかった。

そこで、私はこれから店に買い出しに行くというマリアの付き添いにサイラスを推薦したのだ。

サイラスは毎年来ているのでこの辺の地理にも詳しいらしいし（若い女性には弱いが）魔法省の幹部でその実力も確かなので付き添いにもってこいだと。

マリアも「サイラス様についてきてもらえれば安心ですね」と承諾してくれたというのに、肝心のサイラスがこれでは、どうしようもない。

私は小さく息を吐くと、サイラスの目を見て問いかけた。

「……サイラス様は女性とまともに話すこともできずに、このままおじぃちゃんになってもいいんですか？」

「……うっ、いいとは思っていないが……」

「マリアのこと素敵だと思っているんじゃないですか？」

「……思ってはいるが、しかし、二人でとなると……」

再び口ごもったサイラスは、しばらく沈黙し、やがて何かひらめいたようにぱっと顔を上げた。そして、

「ならば、カタリナ嬢もついてきてくれ」

そんなことを言ってきた。

「えっ、私もついていくんですか？　でもそうすると二人っきりじゃなくなるし……」

「いや、むしろ二人っきりが無理なんだ。しかし、君がいれば畑作業のようになんとかなる気がする」

サイラスがキラキラした目でこちらを見つめそう言ってきた。

そりゃあ、畑はサイラス、マリア、私で作業することもあるけど、サイラスは未《いま》だまともにマリアと話せず、専《もっぱ》ら私とマリアがおしゃべりしつつ、ただそれを微笑《ほほえ》ましく見守る親戚《しんせき》のお

じさん的な立ち位置になっているだけだ。

あれをなんとかなっていると思っているならば、サイラスの女性に対する苦手意識は想像以上だ。

この人、本来のゲームだと、どういう風にマリアと距離を縮めていったのだろう。攻略が一筋縄ではいかなそう。

しかし、必死なサイラスに頼み込まれ、断ることができずに結局、買い出しは私とマリアとサイラスで行くことになった。

せっかくのチャンスだったのにサイラスときたらとやや思うところはあったがマリアが、

「カタリナ様もご一緒するんですか。嬉《うれ》しいです」

と喜んでくれたので、まぁよしとしよう。

そして作る夕食の品の人数分の材料を確認し、孤児院の職員に材料費をもらい私たちは徒歩で孤児院を出る。町の中心までは徒歩で十数分の近さだということだった。

出かけに、私たちの買い出しの話を聞いて楽しそうと思ったのだろう。

またも皆が一緒に行きたいと言い出したけど、再びマギー院長がきっぱりと「買い出しにそんなに人数は必要ないです」と言い切り、結局三人だけで行くことになった。

「ふふふ。またカタリナ様とお買い物ができるなんて嬉しいです」

マリアが楽しそうに言った。

「港町を二人で回ったのも、楽しかったものね」

この間の任務で、港町のレストランで潜入調査をしている最中に、ちょっとだけマリアと町を散策したのはいい思い出だ。

「はい。初めて海も見れて本当に素敵な思い出になりました」

「海、よかったよね。今度、任務とは関係なく遊びに行こうよ」

「本当ですか！　嬉しいです」

今度は皆も誘って海に行こう。なんだったら本格的な海の遊びを楽しみたい。

そんなことを考えていて、はっとなって後ろを振り返るとサイラスが畑での様子と同じように親戚のおじさんが子どもの成長を見守るような顔をしていた。

これじゃあ、完全にいつもと変わらないじゃない。このままではせっかく連れ出した意味がない。サイラスにも何か話題を振ろう。

「サイラス様は海に行ったことはありますか？」

とりあえず海つながりで話題を振ってみた。突然、振られたサイラスはやや驚いた表情を見せた後、

「仕事である」

と短く答え、そして会話は終わってしまった。

いや、それだけかい。短すぎるよ。二人の時はもっと色々と話せる気がするのに、マリアがいると緊張するのか全然、話せないじゃん。

何度も思うけど、この人、本当にゲームではどうやってマリアと仲を深めるんだろう。

同じくマリアに惹《ひ》かれているデューイ・パーシーの方が子どもだけど、もっと上手《うま》くやっている。

そもそも普段、私と話してるのもだいたい畑のことで農作物のことだからな。ここで改めて会話をしようと思うと何を話そうかなってなるな。

私がそんな風に色々考えていると、マリアが、

「あの、お仕事で海に行かれたということは、サイラス様の故郷には海がなかったんですか？」

そんな風にサイラスに話を振った。

おお、素晴らしい考察力に話題の振り方、さすがマリアだわ。

「ああ、故郷は山だらけの田舎《いなか》で海はなかったな」

故郷の話だからか、先ほどより長い答えが返ってきた。

「サイラス様の故郷はシャルマとの国境でしたよね。山ばかりなんですか？」

おお、マリア、すごい記憶力だ。前に畑仕事中に何気なく聞いた情報もしっかり覚えているとは素晴らしい。

ちなみに私はどっかの国との境目のあたりってところまでなんとか覚えていたレベルだ。

「少し話しただけなのによく覚えていたな」

サイラスもマリアの記憶力に驚きつつ、その顔はどこか嬉しそうだった。

「そうだな。シャルマとの間には大きな山がそびえたっていて、うちの領地も山だらけだった

からな。とにかく田舎で子どもの頃《ころ》の遊び場と言えば専ら山だったな」

遊び場が山！　前世の私との思わぬかぶりに驚きつつ、そう言えば時々、サイラスから感じるなんとも言えぬ親近感はそれでかと納得する。

「山で遊ぶんですか？　何をするんですか？」

町育ちのマリアが目を丸くして質問する。

「そうだな。小川で魚を釣ったり、木登りをしたり、木の実を取ったり、色々とやったな」

そうサイラスは昔を懐かしむように言った。

私も心の中で激しく同意していた。

そうそう、木で作った自作の釣り竿《ざお》で釣りをしたり、木の実とかキノコとか色々ととったな。

そして木登り、いかに高い木に素早く登れるか、年の近い兄と競ったな。懐かしい。

「素敵な故郷ですね」

サイラスの話を聞いたマリアがそう微笑んだ。

サイラスは少し照れくさそうな顔をしていた。

そして私もなんだか自分の前世の故郷を褒められた気になってなんとなく嬉しかった。

そんな風にサイラスとマリアがかつてないいい交流を持ちつつ歩みを進め、やがて食材を売る店のある町の中心部に到着した。

孤児院のあるこの町は、この近辺では一番発展している町だということで、中心部は人で賑《にぎ》わっていた。

みだった。


「それにしても結構、人が多いですね」

　それなりに賑わっているとは聞いていたが、王都と変わらないくらい。いやそれ以上の人ごみだった。

「そうだな。いつもはここまでじゃあないんだが」

　何度も訪れているサイラスも首をかしげた。

　そしてなんとかはぐれないようにまとまって歩き、無事に目的の店に到着した。

　お店の人になんでこんなに人が多いのか尋ねると、

「ああ、今日の朝方に町に旅芸人の一座が来たみたいで、近隣の町や村からもお客が来ててすごいんだよ」

　そう教えてくれた。

「旅芸人の一座！」

　そういう人たちがいるとは聞いたことがあったが、貴族の間ではロマンス小説と同じであまり推奨されていなかったので、実際に見たことはなかった。

　見てみたいな、なんて思ってしまったけど、

「今日はこれから帰って夕飯作りだ。観《み》に行っている暇はないぞ」

　私の内心を素早く読んだサイラスに先にそう言われてしまった。

　そうだよね。わかってはいたけど、少しだけしょぼんとしてしまう。まぁ、仕方ないけど。

　必要な材料を購入し、店を出ようとすると、お店の人が、

「こうして人が集まると変な輩《やから》も紛れ込むことがあるからくれぐれも気を付けな。あんたらの容姿は目立つからね」

そんな風に声をかけてきた。

「ありがとうございます」

私たちはお礼を言い頭を下げ、店を後にした。

確かにこれだけ人が多いと変な人もいそうだ。マリアもサイラスも美形だから、気を付けないとだ。

ちなみに荷物はサイラスが一人で大丈夫だと、すべてかついで持ってくれた。

★★★★★

「いってらっしゃい。サラ」

そう言って彼に送りだされ、私はとある町へやってきた。

有名な旅芸人の一座が来ているということで大勢の人で賑わっている。

これだけいれば、実験に使えそうな人間を探しだすのも容易《たやす》いかと思えたが、お祭り騒ぎの明るさが勝っているせいか、闇《やみ》を育てるのに良さそうな人間がなかなか見つからない。

やっぱり表の方は駄目だわ。裏に回りましょう。

そう思って裏通りの方へ向かおうとすると、ちょうど一人でこんなところにいるには違和感のある小さな子どもが路地へと入っていく姿が見えた。

その目がいい感じに淀《よど》んでいたのも。

うん。あの子の目の雰囲気、すごくいい感じ、子どもなのもいい、とても使えそうだわ。

私は子どもの後を追おうとしたのだが、すぐに肩に衝撃を感じた。そして、

「ってぇな。何してくれんだよ」

上からそんな声をかけられた。

祭りの騒ぎで飲んだ酔っぱらい、しかもあまり育ちがよろしくなさそうな男に絡まれてしまったのだ。

せっかく良さそうな子を見つけて捕まえようとしたのに、出端をくじかれてしまった。

私は無視してさっさと子どもを追おうとしたのだが、男がその道を塞《ふさ》いだ。

「おいおい。何、無視して行こうとしてんだよ。俺はあんたがぶつかってきたせいで大怪我《けが》しちまったっていうのに」

酒臭い息を吐きながら顔を寄せてくる男に自然と眉が寄る。

「ああ、お前、そんなフード被ってるからわからなかったけど、よく見たら若い女じゃねぇか。慰謝料をもらおうと思ったけど、あんたが相手してくれるなら――」

男がしゃべり終わらないうちに私は男に闇の魔法を叩《たた》き込んだ。男は声もなくその場に倒れ

伏した。

「せっかく、いい感じの子を見つけたのに見失ってしまったじゃない」

迷惑な酔っぱらいだ。

でもなんとなく目星はついているので、また探してみよう。

私は今、見つかると面倒そうな男の身体《からだ》を路地裏に運び込んで捨てた。

★★★★★

私たちが店から出ると人はさらに増えている気がした。

「旅芸人の一座ってすごい人気なんだね」

私がその人の集まり具合に思わずそう言うと、マリアが、

「私の町の近くにも以前、来ていたことがありますが、ここまでの人にはなっていないようでしたけど」

そんな風に言った。

「マリアは旅芸人の一座を観たことあるの？」

「いいえ、近くに来ているのを遠目には見たことがありますが、実際に近くで観たことはないん

です」

「そうなんだ。じゃあ、今度、一緒に観に行きましょう」

「はい」

マリアは微笑んで頷《うなず》いてくれた。

こうしてまた新たな約束が増えた。海に行って、旅芸人の一座を観に行って、やりたいことがたくさんだ。

「う～ん。でも、マリアの町の近くに来た時はそんなに人が集まらなかったのに、ここには何でこんなに人が集まっているのかしら？」

そんな私の疑問にはサイラスが答えてくれた。

「この町が近隣の村や町から比較的に来やすい場所にあるからかもしれないし、後は来ている旅芸人の一座が人気の高いものなのかもしれないな」

「えっ、人気とかそういうのがあるんですか、っていうか、旅芸人の一座ってそんなにたくさんあるものなんですか？」

「ああ、ひとくくりに旅芸人の一座と言っても、それぞれ規模もその華やかさも全然違うものだからな。少人数でソルシエだけを回っているものもあれば、大人数で世界各地を回っているものもあるからな。そういう大規模なものがやってくると自然と人も集まる」

「そうなんですね」

私はそうだが、マリアもその辺のことに詳しくなかったようで感心した顔をして聞いていた。

世界を回る旅芸人の一座とか、カッコいいな。いつか観てみたいものだ。

「よし、ここで止まっていてもキリがない。この人混みをさっさと抜けて孤児院に戻るぞ」

すごい人混みでなかなか通りに出る気が起きなかった私たちに、サイラスがそう声をかけた。

「でも、この人混みだと、行きみたいにまとまってもはぐれそうですね」

人混みは行きよりひどくなっていた。

「うむ。紐《ひも》でつないでいくか？」

サイラスがそんな案を出したが、どこをつなぐつもりなんだ。そもそも紐でつなぐとかなんか嫌なんだけど。

「わざわざ紐でつながなくても、手をつないでいけばいいんじゃないですか？」

私がそう言うと、サイラスが目に見えて固まってしまった。

あっ、そうだった。サイラスは女性が苦手だった。緊張して手なんてつなげないのかもしれない。しかし、

「サイラス様、このままではまずいです。大丈夫です。手をつなぐくらいなんてことありません。サイラス様も貴族なら女性をエスコートしたことぐらいあるでしょう」

私は小声でサイラスにそう話しかける。

社交界デビューでは、男性は女性をエスコートするものだ。サイラスだってそうだったはずで、まったく女性に触れたことがないはずはないのだ。

私のそんな指摘にサイラスはややうつむき、

「……社交界のパートナーは、必ず母か叔母《おば》に頼んでいた」

小声でそう返してきた。

そうだった。そういうパターンもありなのだった。

キースも義姉の私をパートナーにすることが多々あるからな。

しかし母と叔母というところに徹底的に若い女性を避けているサイラスらしさを感じてしまう。

「サイラス様、このまま女の子と手もつなげないまま、人生終わってもいいんですか。今がチャンスです。堂々とマリアと手をつないでも不自然になりません。大丈夫です。サイラス様ならできます！」

「うっ……」

サイラスは考え込み、そしてなんとか意を決したようにマリアに手を差し出した。

「……あ、その、不快だったらいいのだが、この人混みを抜けるまでつないでいこう」

すっごくガチガチなその様子はただならない雰囲気を感じた。

普通の女子なら引いてるかもしれないが、そこはサイラスが女性を苦手なことも知っている優しいマリアちゃん。

「全然、不快でなんかありません。よろしくお願いします」

にこりと手を差し出し、サイラスをポーっとさせていた。そして、

「サイラス様が誘導してくださるのなら、カタリナ様は反対の手をつなぎませんか？」

と私に反対の手を差し出してくれた。

そりゃあ、そうだね。私もつながないとはぐれてしまう。

二人の仲を裂くわけでなく、マリアの反対の手をつなぐだけだものね。いいわよね。

「うん。ありがとう。マリア」

私はマリアの空いている手を握った。

そうしてかなりガチガチになっているサイラスに誘導され、私たちは人混みを抜けた。

町の中心部を少しすぎ、人も少なくなったので、

「もう大丈夫だろう」

とサイラスが手を放す。

「サイラス様、ありがとうございます」

お礼を言うマリアにサイラスはまた頬《ほお》を赤くしていた。

いや〜、サイラスも少しだけ大人《おとな》になれてよかった。というか本来年上のはずなんだけどね。

そうしてサイラスとマリアのやり取りを微笑ましく見つめていた私だったが、そこでふと目の端に見覚えのある顔を見つけた。

あれ、あの子って、確か、さっき孤児院で見た。

それは先ほどかくれんぼの最中に見た子どもだった。近くに大人の姿はなく一人でいるようだった。

お使いかな。でもあの子まだ低学年くらいに見える。そんな子を一人でお使いにやるかな。

不思議に思っているうちに、子どもは路地の裏の方へと消えていく。

この前の港町で、表通りはいいが路地裏の方に進むと変な輩が多く危険だと教えられてきた。それはこの町でもおそらくそう変わらないはずだ。このままだとあの子が危ないかもしれない。

でもここで何の力もない私が追っていっても逆に危なくなるだけだ。だから、

「あの、サイラス様、今、その先の路地の方に孤児院にいた子どもが、一人で入っていったのが見えたのですけど」

ここで事態をなんとかできそうなサイラスにそう声をかけた。

「なに、孤児院の子どもがこんなところに？　見間違えではないのか？」

サイラスが少し驚いたように眉を上げた。

「もしかしたらそうかもですが、さっき孤児院で見たばかりの子なのでたぶん間違いないと思うんですけど……」

「そうか。しかし、どちらにせよ子どもが一人で路地裏へ迷い込んだら危険だ。私が少し様子を見てくるから、二人はここを動かないで待っていてくれ」

サイラスはそう言うと私が示した路地の方へ颯爽《さっそう》と走っていった。

こういうところは本当に素敵だと思うんだけど、もう少し女性にスマートにできたらもっと素敵なのにな。サイラスの後ろ姿を見送りながらそんな風に思った。

「大丈夫だといいですね」

マリアがサイラスを見送りながら心配そうにそう言った。

「そうね」

そう答えながら、そういえばマリアはサイラスのことをどう思っているのかしら？　と気になった。

サイラスがマリアに思いを寄せているのは傍目に見てもわかりやすすぎるほどわかるけど、果たしてマリアはどう思っているのか。

誰《だれ》にでも優しく親切なマリアなので、誰に好意を寄せているのかわかりにくいのだ。

そもそも魔法学園でのⅠでも、あんなに美形でカッコいい攻略対象たちとも恋に落ちることなく、友情エンドを迎えたマリア。

可愛《かわい》くて優しくて、それでいて強さもある最高の女性であり、どんな男性だって虜《とりこ》にしてしまいそうなのに、マリアからそういった話を聞いたことはまったくない。というか、メアリやソフィアもそうだけど、私の周りの女の子って、ロマンス小説の話はしても、自身の恋愛の話はほとんどしないな。

例えば『誰か好きな人はいないの？』とか聞いても『カタリナ様をお慕いしています』みたいな話になって、うやむやになっちゃうのよね。

もしかして、私が知らないだけで皆、意中の人がいて、でも私があまりに恋愛に関しておこちゃまだから内緒にしているとか？　いや、皆に限ってそんなことはないと思うけど、もしそうだったら、悲しすぎる。

マリア、そんなことないよね？

「……あの、マリア」

私がそう口を開きかけた時だった。ドンと誰かが私にぶつかってきた。

「……っうわ」

思わずよろめきかけた私に、マリアが、

「大丈夫ですか？」

と声をかけてくれる。

しかし、肝心のぶつかってきた方は、

「いや～わりぃ、わりぃ。ちょっとよろけちまって」

とまったく悪いと思っていない声と顔でそう言ってきた。

それはけっこうガタイのいい男だった。肉体労働をしていますという感じだ。

ただそんなことより、その赤くなった顔、よく回ってない口、そして漂う匂《にお》いで昼間からかなりお酒を飲んでいることがわかった。

正直、こんなベロベロに酔っぱらった人に関わるのはまずい気がして、立ち去ろうと思ったのだが、

「うぉ～い、どうしたんだ～。お前、何してんだよ～」

同じように酔っぱらったおそらく同業者か何かだろう同じくガタイのいい男たちが、寄ってきてしまい、図らずしも周りをガタイのいい大きな男五人に囲まれる事態になってしまった。

これはかなりまずい事態じゃない。なんとかここから抜け出さないと。

「あの、私たち、もう行くので」

そう言って男たちの間から抜けようとしたのだが、

「なぁ、少しくらいいいじゃないか～。俺《おれ》たちとお話しようぜ。ねぇちゃんたち～」

酒臭い息を吐きながらそう言う男たちに阻まれてしまう。

もう酔っぱらいはたちが悪い。しかも、

「おぉ、よく見れば、このねぇちゃんたちすごい綺麗《きれい》どころじゃねぇか」

「ほんとうだ。すげ～、美人。なぁ、少し俺たちに付き合ってくれよ～」

マリアの顔をしっかり確認したらしい男たちがそんな風に言ってきた。

そうマリアはすっごい美人で、おまけに中身もいい子なの。あんたらみたいにベロベロに酔っぱらって絡んでくるような輩の相手はしないのよ。

私はマリアの手をぎゅっと握ると、

「私たち、急いでいるので」

なんとか再度、男たちの間を抜けようと挑んだが、

「何逃げようとしてんだよ。俺たち紳士だから、ひでぇことなんてしねぇよ」

とにやにやした男に腕を掴《つか》まれてしまう。

「っ何するんですか」

腕を掴まれたのは私だったけど、なぜかマリアがきっと眉を吊《つ》り上げた。

マリアにしたら精一杯きつい表情なんだろうけど、なにせ元が可愛すぎるので、

「おぉ、怒った顔も可愛い～。俺、こんな綺麗なねぇちゃん初めてみたわ～」

酔っぱらいたちには全然、効いた様子もなかった。

おまけに調子に乗った一人が、マリアの腕を取り、

「ねぇちゃん。ちょっとでいいからつきあってよ～」

そんな風に言って顔を近づけたではないか、これはもう我慢ならん。

「ちょっと、マリアに――――」

触らないでよという言葉は最後まで続かなかった。

マリアの腕を掴んだ男の後ろにそれはそれは冷たい表情をしたサイラスが姿を現したからだ。

「おい。俺の連れに何をしている」

周りは人も多くそれなりにざわついていたが、そのサイラスの冷たい声は思いのほかよく響いた。

「あっ、なんだてめぇ」

「てめぇがこのじょうちゃんたちの連れ？」

男たちは皆、忌々しそうな顔でサイラスを見た。

「ああ、そうだ。二人とも俺の連れだ。だからその汚い手を放してもらおうか」

サイラスは冷たい無表情のままそう言った。

「あぁ、なんだと、少し顔がいいからって、美人引き連れて、調子に乗ってるんじゃねぇよ」

どうやら男たちはサイラスの顔がいいことが気に入らないようだ。

そして、男の一人が顔はいいが見た目は優男でとても強そうには見えないサイラスの襟元《えりもと》に手を伸ばした。

どうやらこいつなら勝てると喧嘩《けんか》を吹っかけるつもりのようだ。

魔法省の幹部で実力のあるサイラスの登場に喜んだはいいが、こんなところでほとんど貴族しか持たない魔法を使ってもいいものだろうか。一応、民間人に対してむやみやたらと使ってはいけないという暗黙の了解があると聞いたことがあるのだが。

しかし、私がそんなことを考えている一瞬で、サイラスに手をかけた男が地面に伏していた。

え、何、どういうこと？　と混乱している私の前でサイラスに仲間がやられたことに気付き、「コノヤロー」と挑んできた酔っぱらいたちを素手で次々と地面に沈めていく。まるで小さな子どもを相手にしているように簡単に。

あれ、これ、魔法？　いや、でも魔法を使っているようには見えないけど。

「もういいのか？」

男四人をあっという間に地面に沈めても汗一つかいてないサイラスがそう言って、最後に残った男を見ると、

「……ひぃ……」

と悲鳴をあげ男は後ずさった。もう向かってはこないようだ。

「では、こいつらのことはお前が責任を取れよ」

サイラスは残った男にそう言うと、私たちに怪我などがないか確認し、大丈夫だと告げると、

「では、行くぞ。ここにいると目立つ」

そう言って私とマリアを誘導し場所を移動した。

「あの、サイラス様、さっきのって魔法ではないですよね？」

スタスタと歩くサイラスに思わずそう尋ねると、

「さっきのってなんだ？」

と不思議そうな顔をされた。

「あの、先ほど酔っぱらいたちを次々とやっつけたことですよ」

そう言うと、

「ああ、あれは護身術のようなものだな。人間の急所を上手く突いて一時的に動けなくするんだ。どんな力の強い相手でもだいたい効く」

さらりと返された。

「え、そんな術があるんですか？　今まで習ったことないんですけど」

破滅フラグ回避のため、剣術など習ってきたが、急所を突く護身術とか習ったことはないし、聞いたこともなかった。

「ああ、これは私の故郷の方で習ったものだから、こちらにはないのかもしれない」

「え、実家で護身術とか習うんですか？」

貴族のたしなみとして剣術を習ったりする貴族子息はいるが、護身術を習うとかなんだか特殊な気がする。

「ああ、うちの実家は辺境伯だからな。隣国は平和主義のシャルマだが、一応のため一族は皆、生まれながらに様々な武術や剣術などを叩き込まれる」

そうか、国の辺境に位置するということはそこが戦場になる可能性があるということだものね。

今でこそソルシエは平和だけど、そうでない時には辺境の貴族が率先して戦いの指揮をとることになったと歴史の授業で習っていた。

私は王都育ちだからそのあたりを失念していた。

「じゃあ、サイラス様は強いんですね」

「……相手が凶器を持っていなければそれなりに立ち回れる」

サイラスはそんな風に言ったが、マリアと同じで謙遜《けんそん》するタイプのサイラスがこんな風に言うということは、それは素手相手なら負けることはないということだろう。

魔力が強いことは知ってたけど、まさか魔法を使わなくてもこんなに強いなんて思ってもいなかった。

先ほどの立ち回りもあまりにも見事で、そんな場面ではないというのに思わず見惚《みほ》れそうになったほどだ。

美形で頭がよくて、こんなに強くて魔法省の幹部という地位もあって、そんな風に考えるとサイラスは本当に素晴らしい男性なのだなと改めて思った。

これで若い女性が苦手でさえなければ完ぺきだったのにな。本当に惜しい人だ。そんな風に考え、私が少しだけ哀れな目をサイラスに向けた時に、サイラスが立ち止まる。

あれ、まさか惜しい人だと思ったのがバレた！　と思ったが、どうやら違ったらしい。

「見ていてもらい、すまない」

サイラスはそう言って道沿いの店に声をかけ入っていった。

「いやいや、これくらい構わんよ。坊主《ぼうず》、次はにぃちゃんと離れるなよ」

お店の中からそんな声が聞こえ、

「助かった」

サイラスが店にお辞儀をして出てきた。その後ろに男の子を連れて。

あ、この子はさっきの。サイラス、無事に連れてきてくれたんだ。

「カタリナが見たのはこの子で間違いないか？」

サイラスが私のところに男の子を連れてきて、そう確認してきた。

「はい。この子です。やっぱり孤児院の子でしたか？」

「ああ、私も今日、院内で目にしていた子なので間違いない。本人は何も話してくれないがな」

サイラスはそう言って困った顔をした。

子どもはふてくされた顔をしてそっぽを向いている。どうやらサイラスに保護されたことが不服な様子だ。

「このカタリナがお前を見つけて知らせてくれたんだぞ。お礼を言っておけ、あのままもっと路地裏に行っていたら何があったかわかったものではないぞ」

サイラスが男の子にそう声をかけるが、相変わらずそっぽを向いたままだ。

これはもしかしたら、迷子というか自主的に逃亡を図ったパターンなのかしら。

「じゃあ、また厄介事に巻き込まれないうちに戻ろう」

サイラスがそう言って私たちを促し歩き出す。

偶然、私の真横に来た男の子が小さな声で、

「よけいなことしやがって」

そう言ったのが私の耳に届いた。

この物言いは、やはり自主的に逃亡したということなのだろう。

どうしてだろう。子ども一人で何かするつもりだったのだろうか、気になって聞き返したかったが、男の子はさっとサイラスの横まで歩いていき、拒絶のオーラを全身から出していた。

これはとても聞けないな。

ん、あれ？

私は少し止まって周りを確認してみたが何もなかった。

「カタリナ様、どうかしました？」

マリアが不思議そうに聞いてきた。

「なんか、今、誰かの視線を感じた気がしたんだけど、気のせいだったみたい」

私はそう言って、マリアの横を一緒に歩き始めた。

本当は気のせいではない気がした。

悪意のある鋭い視線、腕にびっしりと鳥肌が立った。これは前に魔法省でも感じたことのあるものだった。

でも今、怖い目に遭ったばかりのマリアを心配させるのは嫌だったので、できるだけサイラスにくっついて歩いた。

その後は、あの視線もなく、無事に孤児院へ戻ることができた。


「ただいま戻りました」

孤児院へと戻り、私たちは見かけた職員にそう声をかけた。

髪を後ろに結んだ女性の職員が振り返り、

「おかえりなさい……って、リアム！」

と驚いた顔をした。

どうやらこのふてくされた男の子はリアムというらしい。

女性職員は慌ててこちらへやってきて、サイラスに頭を下げながら、

「すみません。この子はどこにいましたか？」

と尋ねてきた。

「町の中心部の路地裏の方へ入っていったところを保護しました」

サイラスがそう答えると、

「ああ、また」

女性職員はそう呟《つぶや》いて頭を抱えた。

どうやらこの子の逃亡はこれが初ではないようで、それはだいぶ職員を悩ましているみたいだ。

「あっ、すみません。保護していただいてありがとうございます。あとはこちらでやりますので、どうぞ厨房《ちゅうぼう》へお願いします。子どもたちが楽しみに待っていますので」

頭を抱えていた女性職員がはっとして私たちにそう言って促した。

そうだ私たちは子どもたちとマリアが作る夕飯の一品の食材を買いに行っていたんだった。

でも、ここで料理の作れない私がマリアと共に行っても何もできないし、それになんかこの家出少年リアムのことも気になる。

「あの、最初にこの子を町で見かけたのは私なんです。その前にも孤児院の庭を一人で歩いてるのを見て、気にかかるので私もご一緒していいですか？」

私は思い切って職員にそう言った。

職員は少しびっくりした顔をしたが、小さく微笑んで、

「子どもたちを気にかけてくださりありがとうございます。ただ私では判断できませんので、この後、院長室で院長に確認させてもらってもいいですか？」

「はい」

「では、院長室までどうぞ」

そう言ってくれたので、私はリアムとその職員とともに院長室に行くことになった。

マリアやサイラスも少し驚きつつ、仕方がないなという感じで送りだしてくれたが、リアムはついてくる私に邪魔だというような冷たい目線を寄越してきた。


「マギー院長、入ります」

「はい。どうぞ」

ドア越しにそう声がかかり、私たちは院長室へと入る。

「あら、不思議な組み合わせね」

私たちの姿を見た院長は目をぱちくりさせそう言った。

案内してくれた女性職員が経緯を説明した。

「あの、それでこちらの方もこの場に同席したいとのことなんですが、よろしいでしょうか？」

女性職員が私を示して院長に尋ねる。ここで否と言われれば私は退出しなければならないが、どうなるだろう。

「そうですか」

そう言ってマギー院長は真っ直《す》ぐ私の目を見てきた。私も院長の目を真っ直ぐ見返した。

しばらくそうして見つめあうと、院長がニコリと笑った。

「この方ならいいでしょう。同席を許可します」

「ありがとうございます」

私は頭を下げた。今の見つめあいで何がわかったのか、どうして許可が出たのかは定かではないが、とりあえず追い出されなくてよかった。

そうして私の同席の許可が出たところで、

「さて、では本題を話しましょうか？」

マギー院長はリアムに向き合い、少しかがんで彼と視線を合わせた。

「リアム、こうして抜け出すのはもう何度目になるか覚えていますか？」

「……」

マギー院長の問いかけにリアムは答えなかった。そっぽを向いたまま目を合わせようともしない。それでも、院長は続けた。

「三度目ですよ。今回はこうして外部の方が見つけて連れ帰ってくださったので大事にはなりませんでしたが、前回と前々回は大騒ぎになり院の皆で探しに回り、町の人にまで迷惑をかけました。もうこのようなことをしてはならないときつく言ったはずですが」

やはり今回のようなことは初めてではなかったらしい。

「なぜ、院を抜け出すのですか？　前もその前も結局、『もうしません』とその場だけ謝って出ていった訳を教えてはくれなかったですね。でも、今回こそは話してもらいますよ。前も聞きましたが、この院に何か嫌なことがありますか？　あなたはまだ異国から来たばかりなので色々と思うところがあるでしょう。教えてくれれば改善することもできますし、もし他《ほか》の子どもたちとどうしても合わないというなら、別の院に移ることも検討できますよ？」

マギー院長は穏やかにそれでいて芯《しん》のある声でそう聞いた。

私は今の言葉に気になるところがあって、横にいる女性職員にこっそりと尋ねた。

「あの、リアム君は異国の子なんですか？」

「はい。実は少し前に騒ぎになったエテェネルとの貿易港での揉《も》め事の場で保護された子なんです」

「……そうなんですか」

と何気なく答えつつ、私は動揺した。

エテェネルの貿易港での揉め事ってもしかして私たちが関わったあの誘拐事件と人身売買組織のことか！　確かに騒ぎになってた。

セザールや魔法省の方で色々と動いたらしく誘拐や人身売買という事実までは回らなかったが、ならず者が事件を起こしたということはすっかり知れ渡ったものな。

う～ん、覚えがないけどこの子もあの現場にいたのだろうか？

いや、でもリアムも無反応だったし他のところでも保護された子がいたって聞いたからそっちの方なんだろう。

でもってあの誘拐組織、ソルシエだけじゃなくて他のとこでも誘拐してたのか。まったくけ

しから ん奴《やつ》らだ。

「リアム、話してくれないとわからないわ」

院長は根気強く問うも、リアムは口を閉ざしたままだ。

しかし、異国から攫《さら》われてきて、知らない土地の孤児院に入れられるとかそれはせつないだろう。

ん、あれ、だとしたら――。

「もしかして自分の国に帰りたいの？」

私が思わずそう口にすると、リアムがびくりと揺れて、こちらを燃えるような目で睨《にら》んできた。え～と、この反応は正解ということかしら？

「リアム、そうなの？　自国に帰りたかったの？　でもあなたはスラムの孤児だったと連絡を受けたのだけど」

マギー院長が少し目を見開きリアムに問うと、リアムは大きく舌打ちをした。

「……ああ、そうだよ。戻ろうと思ったんだよ。スラムの孤児がスラムに戻っちゃ悪いのかよ」

「スラムに戻ってどうするの？　ここにいれば衣食住にも困らないし安全に暮らせるのよ」

マギー院長のその言葉にリアムは後ずさった。

「……嫌なんだよ。こんな生ぬるい場所。気持ちわりぃんだよここは――」

「……リアム」

マギー院長は困ったように眉を寄せた。

「だから、俺は帰るんだよ。あのスラムに、あそこに俺を帰せよ！」

リアムはまるで全身から吐き出すようにそう叫んだ。

「リアム、でもスラムに戻ってもまた何があるか、いえ、今度こそ無事では済まないかもしれないのですよ」

マギー院長も女性職員もそのように言って説得しようとしたが、リアムは頑《かたく》なに「帰る。帰せ」と叫んでいた。

「あの～」

なんだかこの重苦しい空気に耐え切れなくなって私は挙手をした。

女性職員にこんな時になんなのと迷惑そうな顔をされたが、マギー院長から「どうぞ」と許可をもらったので私は口を開いた。

「あの、本人、そんなに帰りたいなら帰してあげればいいんじゃないですか？」

「！」

私の発言にリアムは目を丸くしてきょとんとした顔になった。

「はぁ、あなた。何言っているの！　こんな幼い子を異国のスラムに送り返すと言うの？　部外者だからって適当に何を言ってるの！」

女性職員は眉を吊り上げて抗議の声をあげたが、マギー院長がそれを手で制した。そして、

「それはどういう意味ですか？」

と問うてきた。

リアムもじっとこちらをうかがっている。

「どういう意味も何もそのままの意味です。そんなに帰りたいなら、元いた場所に帰してあげればいいじゃないですか」

「あ、あなたね……」

女性職員がさらに怒りをにじませた目で睨んできたが、私、立場的にそういうのわりと慣れっこなんだよね。構わず続けた。

「ただし、それはここでしっかり知識を身につけてからです」

「……知識を身につける？」

リアムが怪訝《けげん》な顔をしてこちらを見ていた。

「うん。知識だよ。ここにはスラムでは得られない知識がたくさん学べるんだよ」

私はリアムに近づいて目の高さを合わせた。

「あのね。私の友人にエテェネルのスラム出身の人がいるんだけど、その人、子どもの頃、偶然、異国から来た大人に勉強とか色々教えてもらったんだって」

「……エテェネルのスラムで」

リアムの目が少し変わった。もしかしたらリアムの出身もエテェネルなのかもしれない。私は続けた。

「それでその知識がその後、生きるためにすごく役に立ったって話してくれた。あのね、リアム。知識は生きるための武器なんだって」

「……生きるための武器？」

「そう、戦うためには剣や槍《やり》を持つけど、生きるために持つのは知識だって言ってた。なんか深くてカッコいいよね」

私はそこでリアムの目をしっかり見てにっと笑った。

「だから、リアムもスラムに帰るためにはしっかり知識を身につけないとだめよ。ここで学べる知識を全部身につけて、もう学べることはないとなったらそこで戻ればいいんじゃない」

「……」

リアムは黙ったまま返事をしてはくれなかった。

でもその目は先ほどまでとは違うように見えた。

しばらく室内は沈黙が落ちたが、ふふふふふと笑い声が聞こえた。

声の主を確認すると、マギー院長だった。

「ふふふ。なんだか、もう大丈夫そうね」

そう言うと院長は、空気を切り替えるように手をパンと叩き、

「さぁ、そろそろ夕食の時間ですから準備のお手伝いに行かなければなりませんよ。行きましょう」

そう言って私たちを引き連れて食堂へと向かった。

リアムは終始無言でうつむいていて、もう睨んでくることはなかった。

マギー院長が私にだけ聞こえる声で、

「ありがとうございました。さすがカタリナ・クラエス様、学園でのお噂《うわさ》通りですね」

そんな風に言った。

サイラスに院長には少し話してあると聞いていたが、正体が完全にバレバレだった。

しかし、学園での噂って何？　それはいいやつなの。悪いやつなの。

気になったけど笑顔でズンズンと先に行くマギー院長には、もう聞ける気はしなかった。

★★★★★

私、サイラス・ランチャスターはやや緊張しながら調理場へ歩いていた。

その理由は部下でありほのかに思いを寄せる女性、マリア・キャンベルがその隣を歩いているからだ。

これが仕事の最中であれば、仕事モードに入っているのでまったく問題ないが、こうしてプライベートな場で二人だけだと思うとどうも冷静でいられない。

カタリナがいた時はなんとかなったが、二人になった途端にこれでは本当に情けない。

これでもカタリナ・クラエスに関わるようになってから若い女性への苦手意識も少し薄れて

きていた。

実はカタリナたちには話していなかったが、学園に来たばかりの頃、同学年の高貴な貴族令嬢たちに誘われて一度だけ、お茶をしたことがあるのだ。

そこで、まだ方言が抜けずマナーもいまいちだったことをひどくからかわれ馬鹿《ばか》にされ、元々苦手だった若い女性がより苦手になったという経緯があったのだ。

だから今までは、こちらの若い女性は皆、洗練されていておしゃれ、田舎男など馬鹿にされると思い込んでいた。

しかし、あの風変わりな貴族令嬢と出会ったお陰で皆が皆、あの時の令嬢たちのようではないのだと気付かされた。

カタリナには故郷で一緒に畑を耕していた老婦人たちと同じ空気を感じ、話していても平気だった。

しかし、マリアに関しては慣れない。というかどうしても緊張してしまう。

カタリナと接するように気軽にできず身構えてしまう。彼女の前でカッコ悪いところは見せたくないと思ってしまうのだ。

それから先ほど、男たちに絡まれているマリアを目にした途端、今までに感じたことがないほどの怒りを覚えてしまった。

『その汚い手でマリアに触れるな』とまで思ってしまい、本来なら少し脅せばどうにかなったかもしれないところを四人も地面にのしてしまっていた。

おそらく気付かれてはいないが、マリアに触れた男に関しては、数時間は起き上がれないだろう状態にまでしてしまったほどだ。

自分は冷静な方だと思っていたのに、あんなに頭に血が上ってしまうことがあるなんて、自分で自分の状況に驚く。

今まで若い女性はただただよくわからない怖いもので、近づけば馬鹿にされると思い込んでいたので、恋愛はおろか、仕事以外で会話をしたこともなかった。

それで構わないと思っていたのに——あの日、マリアの笑顔を目にしてからすべてが変わってしまった。

このままでは嫌だと、もっと彼女と話がしたい。彼女に近づきたい。そんなふうに思うようになってしまった。

だが、そんな思いとは裏腹に、マリアを前にすると息すら上手くできない気がしてしまう。

触れたい。触れられない。触れたい。もうどうしたいのか自分でもわからなくなってくる。

そんな俺の駄目さを憐《あわ》れんでか、畑の仕事を教えてくれた礼だとカタリナが色々と模索してくれるが……それを受けることすらできない情けない自分。

もう一度、子どもの頃からやり直したい気持ちにすらなる。

けど、今日は少し、ほんの少しだけ前進できた気がする。カタリナに促され、ようやくつないだマリアの手は想像以上に柔らかくてしっとりしていた。

なんなら、このつないだ手をしばらく洗いたくないなんて思ってしまうくらいだ。

いや、それはさすがに汚いな。だが、記念に数日くらいなら……。

「あの、サイラス様」

「……っう。なんだ？」

ちょっとまずいことを考えていたので、やや声がうわずった。

「サイラス様が先ほど見せてくださったあの護身術というものは、私でもできるものでしょうか？」

「ああ、そうだな。あれは力のない女性でも扱えるものではあるが」

「私に教えていただけませんか？」

マリアが真剣な目をしてそう言った。これは本気なようだ。しかし、

「あれは簡単そうに見えたかもしれないが、そう容易いものではないぞ。教えたからといって誰でも扱えるわけではないのだ」

見た目は簡単に見えるあの術だが、ああ見えて力加減も難しくまた的確にポイントを突かなければ意味をなさない。よって教えたからといって誰もが使えるわけではない。

それでも教えて欲しいのかと問えば、マリアは深く頷いた。

「もし、また今日のような事態になった時に、光の魔法では何もできませんから」

「……今日の事態はあまりに不測だった。普段なら君を守ってくれる者が必ず近くにいるだろう。無理に君が術を覚える必要は……」

光の魔力保持者というこの国にとってとても特別な存在であるマリア。

それを抜きにしてもこれだけ美しくそれでいて中身も愛らしい女性を守りたいという者は、掃いて捨てるほどいるだろう。だが、マリアはきっぱりと言い切った。

「私は守ってもらうだけは嫌なんです。私も大切な人を守りたいんです」

その顔には凛《りん》とした強さが見え、いつも以上に美しかった。

ああ、まただ。鼓動が大きく跳ねる。

こんなに惹きつけられて、これ以上に惹かれることなんてないと思っていた。

なのに、この強く美しい表情にまたさらにマリアという女性に惹かれていく。

まさか自分がこれほど女性に惹かれる日がくるとは――。

「……わかった。今度、空いた時間に教えよう」

その美しい瞳《ひとみ》から目を離せそうにない自分を何とか律して視線をそらしそう言うと、

「はい。ありがとうございます」

嬉しそうな声が返ってきて、思わずそちらにまた目を移してしまい、それは愛らしい笑みをくらってしまい。

しばらくまた頭をポーっとさせることとなってしまった。

★★★★★

結局、孤児院で夕食までご馳走《ちそう》になり、私たちは帰りの途についた。

帰りの馬車はサイラスが『遅くなったから』とそれぞれの帰宅場所に手配してくれた。

お城に戻るジオルドとアラン、家に戻るメアリ、アスカルト兄妹、魔法省の寮に戻るマリアとサイラス（ただしサイラスは御者席）、そしてクラエス義姉弟と別々になった。

皆の今日のことは、食堂で聞いた。

初めは自分たちも子どもと遊びたいなんて言ってたけど、皆、それぞれ興味深かったようで、楽しかったと言っていた。

ジオルドやキースはニコルが強制退場させられた後も、上手《じょうず》に子どもたちに教えその教え方が先生より上手と絶賛されたらしい。二人ともずっと私の勉強教えてくれてたものね。

メアリ、ソフィアもすごくわかりやすい先生だったようで、終わった後も色々と質問されたらしい。二人ともなんだか『お姉さん』気分を味わって新鮮だったとのことだった。

私は主に子どもと遊んだ話をし、アランやニコルの活躍も話した。

サイラス、マリアとの買い物については町に旅芸人の一座が来ていて、混んでいたことだけさらりと話した。

絡まれたことは心配させるので、リアムのことはなんだかまだ自分の中で整理できておらず話せなかった。

皆と別れ、キースと二人馬車で帰路につく途中に、少しだけキースにリアムのことを話した。

「それで、その子、孤児院よりスラムに帰りたいって言ったんだけどどうしてだと思う？」

リアムにはソラの言葉を借りてあんな風に言ったが、私自身、なぜ、リアムはスラムに戻りたいと言ったのかわからず戸惑っていた。

だって命すら保証されないスラムでその日のご飯を食べられるかどうかもわからない暮らしより、安全で三食食べられる孤児院での暮らしの方が普通に考えれば、いいものであるはずなのに。

リアムはその後、一人静かに食堂で食事をとり部屋に戻っていったので話はできなかった。

でもあのどこか不安そうに見える顔が気になった。

私の話を聞き、キースはしばらく考え、

「う～ん。仲間や家族がスラムにいたからとかかな？」

そう言った。

「家族はいなかったらしいけど、そうか友達がいたのかな？」

それはありそうな気がした。

「でも、僕だったら、大切な人が危ない場所にいたなら、一人で戻るより、こちらに連れてきてってなるかな」

確かに、リアム一人でも戻っても助けてあげられるわけではないだろうし……やっぱりよくわからない。

う～んと首をかしげる私に、キースが、

「僕の幼い頃の暮らしもよかったとは言えないけど……さすがにスラムで暮らしたことはないからわからないことが多いね。そういうのは実際に暮らしていた人に聞いてみた方が何かわかるかもしれないよ」

そう助言をくれた。

「そうだね。ありがとう。キース」

スラムのことは実際に暮らしていたソラに聞いてみた方がわかるかも、明日、魔法省に行ったら聞いてみよう。

翌日、魔法省に到着すると私はすぐに魔法道具研究室に向かった。新人である私とソラは早めに来て部署の準備をしているのだ。

「おはよう。ソラ」

「……はよう」

あくびを噛《か》み殺しつつそう返してきたソラに、私は早速、昨日のリアムのことを相談してみた。

「孤児院に保護されたのに、スラムに戻りたいなんて、おかしなガキだな」

ソラの第一声はそれだった。

なんというか私たちと同じような考えだった。

「えっ、ソラなら同じスラムで育っているから、リアムの気持ちがわかるかと思ったんだけど」

「いや、育った場所が同じでも違う人間なんだから、そんなのわかんねぇよ。俺ならあんなごみ溜《だ》めから綺麗な場所に保護されたら大喜びで居座るけどな」

ソラが胸を張ってそう言った。

なんともソラらしい意見だった。

「あっ、でも、もしかしたら友達とか大切な人をスラムに残してきたから、帰りたいのかもしれないって話もしたんだけど、そういうのは？」

「う～ん。なくはないかもしれねぇけど、それだと一人で戻りたいとはならないだろう。誰か大人、それもお人好《よ》しの奴を連れてった方が色々としてもらえて都合がいいだろう。俺ならそうする」

やはりソラもそんな風に考えるのか。確かに一人で戻ってもできることは少ない。

安全な場所で育った私でもそう思うのだから、スラムで育ったリアムがそのあたりを考えないわけもないと思うんだよな。

でもそうすると、どうして戻りたいのか、やはりわからない。

ああ、そう言えば――――私はリアムの言葉を思い出した。

「リアム、孤児院が生ぬるくて気持ち悪くて嫌だって言ってたわ。もしかしてスラムに戻りたいというより孤児院が嫌だってことなのかな？」

「今日、生き残れるのか死んじまうのかわからんような場所より、生ぬるい場所のほうがよっぽどいいと思うけどな～」

やはり、リアムとソラは同じスラム育ちでもだいぶ考え方が違うようだ。

これはソラに聞いても疑問は解けそうにないな。

そんな思いが顔に出たのかソラが、

「まぁ、そういう気持ちとかの繊細なことは、もっとそういうのに、見合った奴に聞けばいいんじゃないか？」

そんな風に言ってきた。

「見合った奴？」

「そう、うちの部署にも人の心中、図るの得意そうな人いるじゃん。どうせお前、今日もこれから闇の魔法の訓練なんだろう。その時に聞いてみればいいじゃねぇか」

ソラにそう言われて、私はそれが誰を指しているか気付いた。

「それって、ラファエルのこと？」

「そう、あの人、人の気持ちとか図るの得意そうだろう。ラーナ様を乗せるのも上手いみたいだし、この変人だらけの部署を上手く回せるくらい人をよく見てる。そういう気持ちがわからないみたいな相談、得意そうじゃん」

考えたことなかったけど、ソラの言うことにも一理ある気がした。

ラファエルって生徒会長の時から人の扱いが上手なんだよね。

なんていうか自然と気持ちを読んで上手に指示をくれる感じなんだよね。

今、私が受けている闇の魔法の授業もそうだ。やりやすいように飽きないように色々と考えてくれている。

うん。せっかくマンツーマンで授業をしてもらっていることだし、ラファエルにも相談してみよう。

そう決めて私は手早く部署の準備を片付けた。


「じゃあ、今日も練習を始めようか」

いつもの部屋に後からやってきてそう言ったラファエルに、私は、

「あの、その前に少しだけ相談があるのだけど」

とリアムの話を持ちかけた。

孤児院に行ったことから、町で買い物中に路地裏へ向かっていったリアムを見つけて保護したこと、それからソラと話して思い出したリアムの言葉。

説明することが結構あって、しかも私はそういうことが得意でないのでつっかえたり、文脈が変になったりしてしまったけど、ラファエルは急《せ》かしたりすることなくしっかり聞いてくれた。

「……生ぬるくて気持ち悪くて嫌か」

ラファエルはリアムの言葉を反芻《はんすう》して、そして、

「それ、言った時のリアム君の表情とか様子とかは覚えている？」

私にそんな風に聞いてきた。

「あ、うん。なんて言うか嫌がっているっていうより、何か悲しそうというかせつなそうというかそんな感じがしたの」

だからこそ気になったのだ。

口にしている言葉と、浮かんでいる表情の違いがなんだかアンバランスで、心配で放《ほう》っておけないと感じてしまった。

「そうか」

ラファエルはそう呟くように言うと、考え込んだ。

いくらラファエルでも、会ったことのない子どもの気持ちを推測するのは難しいよね。

ラファエルって何でも抱え込んでしまう感じだから、あまり悩ませても悪い。

リアムのことは私が考えてあげよう。

だから、もういいよと言おうと口を開く。

「あの、ラファエル、リアムのことは――」

しかし、私が言い切る前に、

「僕はその子に直接会ったことはないし、スラムで暮らした経験もない。だからこれはただの憶測に過ぎないんだけど、それでもよければ聞いてくれる？」

ラファエルが少し眉を下げてそんな風に言った。

私は大きく頷いた。

「僕はごくたまになんだけど、今のこの幸せな生活が突然、壊れてしまうんじゃないかって怖くなる時があるんだ」

リアムの話をすると言ったのに、そう自らのことを話しだしたラファエル。

不思議に思いながらも、ラファエルが意味なくこんな風に話すことはないだろうから、私は黙って耳を傾けた。

「それはきっと過去のことがあるからだと思う。母との幸せな暮らしを突然、ディーク家にすべて奪われ、僕は絶望を味わった。なんとか生きていたのはただただ復讐《ふくしゅう》を成し遂げる、それだけのためだった。それは地獄のような日々だったよ」

ラファエルの綺麗な顔に少しだけ影が落ちた。

「でも、あの日、君が伸ばしてくれた手を取って僕は幸せを手にすることができた。また大切な人たちができて笑いあえる日々をこうして手に入れることができた」

ラファエルはそう言って小さく微笑んだ。

その優しい微笑みに、苦しそうに泣いていたラファエルの姿がふとよぎり、あの日のことを私は思い出した。

『大嫌いだ。消えてくれ』と言いながらまるで自分が傷つけられたように泣いていたラファエル。

なんだかすごく昔のように思えるけど、あれからまだ数年しか経《た》っていないのだ。

たった数年、あれだけつらい過去を抱え、生活も一変し、それなのにこんな風に人のことも思いやれるラファエル・ウォルトという人を私は改めて本当にすごい人だと思った。

「そうして幸せになれたのに、時々、怖くなる。また突然、壊されるんじゃないか、また理不尽に奪われてしまったらどうしようってね」

ラファエルがせつなそうに目を伏せる。

私は思わず、

「そんなことさせないわ！　もしラファエルからまた幸せを奪おうとするような奴が現れたら、私がやっつけるわ！」

そう叫んでいた。

私があまりに勢いよく叫んだのでラファエルは驚きに目をぱちくりさせた。そして、クスクスと笑い始めた。

「ありがとう。そんな風に言ってもらえて嬉しいよ。でも、僕も昔のような子どもじゃないからそう簡単には奪われないよ。奪おうとする奴が来たら返り討ちにしてやるつもりだから」

そう言ったラファエルの顔はとても晴れやかで、もう大丈夫なんだなって思えた。

そしてラファエルは続けた。

「僕は大人で今は十分に力もあるから幸せをもう奪われないようにすることができる。でも、小さな子どもだったらそうはいかない。手に入れた心地よい場所もまた大人の都合で簡単に壊されてしまう。奪われてしまうかもしれない」

「……えっ、それは……」

「うん。君の話してくれたリアム君って子も、もしかしてそうなのかもしれない。幸せを手に入れても、また壊されたり奪われたりして、それを失うのが怖いのかも」

「……失うのが怖い」

「小さな子ならそこまで深くは考えてはいないかもしれないけど、彼の抱えている感情は嫌ではなくて怖いである気がするんだ」

嫌ではなくて怖い。奪われることが怖い。

それはあくまでラファエルの推測でしかないけど、あの日のリアムの態度、表情、そういう思いがあったと想像するとそれはなんとなくしっくりくる気がした。

「……うん。なんかそういう思いがあるかもしれない気がしてきた。また会えた時にもっと話を聞いてみるね」

「そうだね。それで、もし本当にそうだったら」

「そうだったら?」

「手を伸ばしても大丈夫だよって言ってあげて。自分が伸ばした手を握ってくれる人がいる。共に生きてくれる人がいるって教えてあげて」

ラファエルはそう言って優しい笑みを浮かべた。

その笑みは見惚れるくらいに綺麗で、皆が騒ぐ気持ちがわかった。ああ、ラファエルに話を聞いてもらえて本当によかった。

ラファエルに見惚れて少し顔に上ってしまった熱を手で少し扇《あお》ぎながら、私はその推測を褒める。

「でも、私の話だけでそこまで推測できるなんてすごいね」

「彼の言ったことが、昔の僕の気持ちに似ている気がしただけだよ」

ラファエルはそう言って眉を下げた。

そうしてリアムの相談を終え、またリアムを訪ねて話をしたらその後のことも聞いてもらうことになった。

「ああ、そうだ。幸せな日々が失われるのはつらい。でも――」

ラファエルは最後にそう言って教えてくれた。

魔法省での変わらない日々（変わったことといえばマリアがサイラスに護身術を習い始めたことくらい）を過ごし、やがてまた魔法省の休みを迎え、私はサイラスともう一度、あの孤児院に野菜を届けることになった。

『今日は野菜も大した量でもないし一人で行く』というサイラスに、どうしてもリアムのその後が気になった私がやや強引に同行させてもらった形だ。

なので本日は私とサイラス、気楽な二人となるはずだったのだが、

「おい。またこれはどういうことだ。今日は私と君だけではなかったのか？」

サイラスが小声でそう聞いてきて、私は「その～実は――」と訳を説明した。

私だって今日は自分一人で来るつもりだったんだけど……話してはいないんだけど、クラエス家情報網で、キースがいつの間にかフォロー係として同行を予定していたのだ。お母様にもぜひそうしなさいと後押しされた。

私としてもキースがいてくれれば、色々と安心なのでいいかなと思った。

ただこんなに休みのたびに付き合わせてキースのお仕事が心配だったけど、キース自身が大丈夫だと言うので信じることにした。

そして、こちらは本当になんでかわからないけど、いつの間にか私たちの出発前にちゃっか

りジオルドが同行していたのだ。

いや、本当に意味がわからず思わずポカーンとなった。

まるで忍者のように颯爽《さっそう》と現れ、普通に「おはようございます」と笑顔で馬車に乗り込まれ、世間話を振られた日には、もう考えることをやめてしまった。

ジオルドとはきっとそういう不思議な人物なんだ。

そんなわけで今日のメンバーは私、サイラス、キース、ジオルドとなった。

サイラスも初めこそ『予定外だ』と少々文句を言ったが、前のように苦手な若い女子が来たわけではないため、「まぁいいが」とわりとすぐ納得してくれた。

四人なので馬車も一台で収まり、野菜も少なかったのですぐに積み終わり、私たちは数日ぶりに孤児院へと向かった。

「ジオルド様の情報網はいったいどうなっているのでしょう。なぜ、今日の外出がわかったのですか？」

馬車に乗り込むとキースがどこか棘《とげ》のある声でそう言った。

クラエス家から魔法省へ向かう馬車では、意表をついた出現をしたジオルドが、その勢いのまま会話の主導権も握っていて、そのへんを尋ねることができなかったのだ。

私もそこは気になっていたので、キースはよく聞いたと思った。

「情報網というか、僕の愛のなせるわざですね。この間のカタリナの様子を見て、また次の休みには孤児院へ行くと言うのではないかと予測しました。ですから次のカタリナの休みを調べて、早くから張ってたんですよ」

なんと私の行動を先回りして読まれていたとはジオルドすごい！

「いえ、なんかいい感じに言ってますけど、それつきまといですから犯罪ですから」

「キース、失礼なことを言わないでください。婚約者の愛の力ですよ」

「婚約者、今はまだそうですけどね」

「そうですね。もう少ししたら夫婦になるので婚約者ではなくなりますね」

「そういう意味ではないんですけど」

「義兄さんと呼んでくれていいんですよ。義弟《キース》」

「まったく呼ぶつもりはないんで、むしろこれからも呼ぶ予定はありません」

キースとジオルドがそんな風におしゃべりを始めた。

二人は小さい頃《ころ》からこんな風にポンポンとリズムのよいおしゃべりをする。その顔は生き生きしてとても楽しそうだ。

せっかくの機会なので、楽しそうな二人の邪魔はしないでおこうと私はサイラスの方に話しかけた。

「サイラス様、あれから孤児院は変わりないですか？」

直接、リアムはどんなですか？　と聞くのもあれかなとそんな風に聞くと、

「ああ、あの子どものことか？　君が気にしていたので今回、伺う旨を伝える手紙で少し聞いてみたが、あれ以降は大人《おとな》しくしているそうだぞ」

そんな風な答えが返ってきた。サイラスったら気が利く。

「そうなのですね。ありがとうございます」

あれから脱走していないようで何よりだ。今日、ちゃんと話ができる機会があればいいのだけど。

「しかし、君も変わってるな。孤児院で一度、会っただけの子どもをそこまで気にかけるなんて」

いや、サイラスの方がよほど変わっていると思うけどなと思いつつ、

「う〜ん。なんて言うか放《ほう》っておけない感じがしたんですよね。このままでは何か危なそうな気がして」

具体的に何がというわけではないけど、そんな風に思ってしまったのだから仕方がない。

そんな風に言うとサイラスはクスリと笑い、

「そういえばマリアも君にはそんなところがあると言っていたな。そして褒めたたえていた。彼女は本当に君のことが好きなんだな。出てくる話のほとんどが君のことだ」

と笑みを浮かべた。

「ああ、サイラス様、護身術の稽古《けいこ》でマリアと二人で話すことが多くなりましたものね。よかったですね。進展はありましたか？」

最近、サイラスはマリアの希望だということで護身術を教え始めた。

空き時間とかに二人でこっそりやっているので、事情を知らないデューイなんかは逢引《あいびき》して

いるんじゃないかと真っ青になっていた。

「な、進展とはなんだ……マリアは非常に筋がいいのですぐ習得できそうだ」

今回のこともあり、マリアとだいぶ親しくなれた（なんだったら二人で過ごすことすらできるようになった）のに、サイラスの様子はさほど変わらない。

前にこっそり覗《のぞ》いてみた時も、せっかくの機会なのに、ただ真面目《まじめ》に護身術だけを教えていて、なんというか少し拍子抜けしてしまった。

それでも、こんな風に少しは違う話もできているようでよかった。

「そういえば、マリアは今日どこで仕事なんですか？」

魔法省は皆、一斉に休みを取るわけではなく順番にお休みを取るシステムでマリアは本日、省外でお仕事の予定だと言っていた。

「ああ、孤児院のある町の近隣での仕事らしい。もし早めに終わったら顔を出すかもしれないと言っていたぞ」

「おお、そうなのですか。マリアも来れるといいですね」

「そうだな」

うんうん。サイラスもずいぶん、素直になってきた。

それにしてもサイラスがマリアのことを話す時のこの顔、幸せそうだな。

こんな風に素敵な恋をする人を見ると、破滅を乗り越えることができたら私もいつかは——

と思ってしまう。

そんな話で盛り上がっているうちに馬車は孤児院に到着した。

「続けてきてくださり、ありがとうございます。子どもたちも楽しみにしておりますよ」

馬車を降りると、この間と同じようにマギー院長が笑顔で迎えてくれた。

そう多くない野菜を手早く運びだすと、前と同じように子どもたちと遊ぶことになった。

ジオルドとキースもほぼ強制的に勉強を教えることになった。

前回来てそれほど時間が経《た》っていなかったので、子どもたちは皆、私のことを覚えていてくれて、嬉しそうに寄ってきてくれた。

ただ皆に『あのカッコいいお兄ちゃんたちは？』とアランとニコルのことを聞かれ『今日はいないの』と答えるとあからさまにがっかりされたのはちょっと悲しかった。

遊びも前より手慣れてきたので、鬼ごっこで捕まえるのも早くなった。やはり何事も経験が大事なのだな。

リアムのことも気になったけど、彼は年齢的にお勉強チームの方なので接する機会がない。

こちらのチビちゃんたちがおやつタイムに入ったら会いに行ってみようと思っていた。

しかし、かくれんぼで隠れる場所を探してウロウロしていると、視力のよい私は、再び一人歩く小さな頭を発見してしまった。

しかも門から一人出ていこうとしているではないか！　私はすぐにそちらへと走った。

「こら、どこ行くの！」

私の声に気付き振り向いたリアムはいい子に止まることなく、むしろスピードを上げて走り出した。

負けるか。私も全力疾走した。

全力疾走すれば、あちらは子どもでこちらは大人《おとな》、すぐに追いつけると思った。

だが、私は子どもの体力を舐《な》めていた。

追いつきそうにはなるがなかなか追いつかないまま私の息だけが切れていく。足ももつれ、
そしてついに私は顔面から地面にすっ転んだ。

ばったーんと凄《すさ》まじい音がした。

近くの鳥が驚いたのかバサバサと飛び立っていく音がした。

い、痛い。いい大人なのにこんなに激しくすっ転ぶなんて、恥ずかしい。できればこのまま
顔を上げたくないな。

でもいつまでも突っ伏しているわけにもいかないので、ジンジンする顔面を持ち上げる。

すると前を走っていたリアムがポカーンと口を開けて立ち止まってこちらを見ているのに気
が付いた。

やった、止まっている。ラッキー、これぞ怪我《けが》の功名だわ。

私はすぐさまむくっと起き上がり、固まっていたリアムをハグで捕獲した。

「やっと捕まえたわ」

思わず笑みを浮かべてそう言った私に、リアムは顔をくしゃりとして、

「おまえ、なんなんだよ。この間から」

そんな風に言ってじたばたと私の腕から逃《のが》れようとした。

「だってあなたが気になって」

私がそう告げると、リアムの表情はさらに歪《ゆが》んだ。

「なんだよ。恵まれた奴《やつ》の暇つぶしで構うな」

握った小さな拳《こぶし》が震えていた。

「どうして孤児院から逃げるの？」

「……前にも言ったろう。あそこの生ぬるい空気が嫌なんだよ！」

ああ、やっぱり違う。

この表情は嫌なのではない、これは――。

「怖いの？」

私がそう尋ねるとリアムは小さな身体《からだ》を大きく揺らした。

これはラファエルの言った通りなのかもしれない。

「リアムは孤児院で幸せになって、それを失ってしまうのが怖いの？　だから孤児院に慣れる前に出ていこうとしているの？」

私のこの問いかけにリアムの表情はますます歪み、そしてその澄んだ瞳《め》からぽろっと一つ涙が流れた。そして、

「……っ、おまえに、おまえらなんかに何がわかるんだよ。平和な場所でのほほんと育った奴らに、盗賊に親も兄姉も殺されて、スラムでただ動物みたいに生きるしかなかった俺《おれ》の気持ち

がわかるわけねぇよ！」

それはまるで獣の咆哮《ほうこう》みたいな叫びだった。

小さな身体は動物だったら全身の毛を逆立てていただろう。

その姿がなんだかせつなくて、私はその小さな身体をぎゅっと抱きしめる。

「っやめろ！　放せよ」

リアムは必死に抵抗したが、私はよりぎゅっとその身体を抱きしめた。

「……わかんないよ。私はこの平和な場所でしか暮らしてないもの。理不尽な暴力もひどい環境もわかんない」

それはリアムの言う通りだ。だけど、

「それでも、私も孤児院の皆も、これからリアムと一緒に生きることができるよ。リアムの過去のことはわからないけど、わかろうとすることはできる。リアムが手を伸ばせば、私もそれに皆も、その手を取るよ」

私はリアムのその澄んだ目を真っ直《す》ぐに見た。

「だから怖がらないで手を伸ばしていいんだよ」

そう告げるとリアムはその大きな瞳からボロボロと涙を流した。

その涙に、なんとなくもうこの子は逃げない気がした。

張っていた気が緩んだのか、身体の力が抜ける。この小さな身体でたくさん気を張っていたんだな。

その小さな身体を抱きしめ、撫《な》でながら、やっぱりラファエルはすごいなと改めて思った。苦しんでいた理由も、どうすれば楽になるかもわかってしまうんだから。ああ、そうだ。ラファエルが相談の最後に教えてくれたことをリアムにも教えてあげなければ。

私は腕の中のリアムに、ラファエルが教えてくれたことを告げる。

「あのね。リアム。幸せな日々が失われるのはつらいけど、でもその幸せな思い出はつらい中を生き抜く力になってくれるんだって、だからこの先、リアムが院で経験する楽しいこと嬉しいことはこの後も、ずっとリアムの力になるから」

そう告げると、それまで受け身だったリアムの腕が私の背に回り抱きつき返してきた。

なんだか受け入れられたように感じ、私はリアムの涙が止まるまで、その身体を抱きしめ、背をトントンした。

★★★★★

「リアム、大丈夫よ」

震えながらねぇちゃんが必死に俺を抱きしめてくれた感触を今でもしっかり覚えている。

住んでいた小さな村に夜中、突然、大勢の盗賊たちが押し入ってきて、皆、殺されてしまった。

初めは家族を守るために父ちゃんが、俺たち子どもを逃がすためにかあちゃんが、それからねぇちゃんと俺を守るために、にぃちゃんが殺されてしまった。

皆に守られて、ねぇちゃんに抱きしめられて、村の外れの潰《つぶ》れかけた小さな小屋に身を縮めて隠れた。

盗賊が放った火が大きな炎となり、村を焼きつくしていた。

この小屋にも火が燃え移り燃えてしまうのではないか、盗賊に気付かれて殺されるのではないか、そんな不安を抱え、絶えることない怒号と悲鳴を聞きながら身を縮めた。

どれくらいの時間が経ったのだろう。まるで永遠のような長い長い時間が過ぎて、やがて怒号も悲鳴も何も聞こえなくなった。

そして日の光が差してきた。その光に誘われるように、ゆっくりと立ち上がったねぇちゃんと共に、ノロノロと外へ出るとそこにはもう今まで見慣れた村はなかった。

真っ黒になった瓦礫《がれき》だけがただ広がり、もう生きている人はそこにはいなかった。

唯一の身内になってしまったねぇちゃんの手をぎゅっと握ると、その手がものすごく冷たいことに気が付いた。

驚いてその顔を見上げると、ねぇちゃんは小さく微笑《ほほえ》んでそのまま膝《ひざ》をつき、ゆっくり地面に倒れ込んだ。

そこで、その肩に矢が刺さっていることに気が付いた。そこから血がドクドクと流れていた。

きっと逃げている途中に当たって、でも、俺を心配させないため黙っていたんだ。

「ねぇちゃん⁉」

倒れたねぇちゃんを必死に起こして呼びかけたが……ねぇちゃんはヒューヒューと苦しそうに息を吐いた。そして、

「リアム、あなたは生きて――」

そう口にして、しばらくして息絶えた。目の前が真っ暗になった。

そこからのことは正直、よく覚えていない。

自分で歩いたのか、それとも誰《だれ》かに連れてこられたのか、気付けば『スラム』と呼ばれる場所に『孤児』として座り込んでいた。

腹が減れば動物のようにゴミを漁《あさ》り、運が悪ければ機嫌の悪い大人に殴られる日々、家族で過ごした貧しかったけど楽しかった日々が恋しくてこいしくて仕方なかった。

殴られて食べたものも全部吐いて、冷たい雨に打たれてこのまま死んでしまいたいと思った時、あの日のねぇちゃんの最後の言葉がよぎった。

俺は死ねない。生きなきゃいけない。

残った力で地面を這《は》ってゴミを食いつないで生きて、なんとか生きつないだ。

しかし、ついに大人に捕まり船に荷物みたいに積み込まれ、どこかへ連れていかれた。

狭い部屋の中、同じくらいの子どもたちと閉じ込められ、今度こそ死ぬのかもしれないと思い始めた時だった。

きちんとした服を着た小綺麗《こぎれい》な大人たちが突然現れて「もう大丈夫だよ」と声をかけられ、そのまま綺麗な建物へと移動させられた。

そこでは色々と聞かれた。

名前はなんだ、生まれはどこだ、親はどこにいるのか、俺は「名前はリアム、エテェネルの村で生まれ家族が殺され孤児になって、一人、スラムで暮らしてた」とどこかぼんやりしながらぽつぽつとそんな風に答えた。

そしてここが産まれた国、エテェネルでなく、海を挟んだソルシエという国であることを教えられた。

スラムで一人暮らし、帰る家がないと言ったからだろう。俺は、『孤児院』という孤児が集まるという場所に連れていかれることとなった。

どんな場所かわからなかったが、殺される心配がないならいいかと思った。

しかし、この『孤児院』は思っていたのとは全然、違う場所だった。

「私はここの院長のマギーよ。よろしくね。リアム」

村にいたおばぁちゃんみたいな奴がそう言ってにこにこしながら手を差し出してきた。

なんだか身体がぞわりとしてその手を俺は振り払った。

マギーは驚いた顔をしたが、特に怒って殴ってくることもなく困ったように笑った。

俺はなんだか嫌なものを感じてその場を逃げ出した。

その後も、孤児院にいる大人も子どもも、俺に話しかけたり笑いかけたりしてきた。そのたびに俺は胸が苦しくなって逃げ出した。

ここは温かい飯が食えてぐっすり眠れる。スラムとは大違いで、まるで村で家族と住んでいた頃のようだ。

なのに、ここにいるとあの日、強盗が押し入ってきた日を思い出すことが増えた。

容赦なく切られて倒れる家族、冷たくなったねぇちゃん。

スラムにいる時は、ほとんど思い出さなかったのに、ここにいると駄目だ、この場所は嫌だ。

ここにいるとざわざわする。ここにいたくない。

俺は『孤児院』を抜け出した。

スラムに戻ろうと思った。エテェネルには戻れなくてもスラムくらいあるはずだ。そこへ行って、またただ動物みたいに生きればいい。そうすればこんな気持ちにはならない。

しかし、俺の逃走は上手《うま》くいかなかった。地理をよく知らないのと、やたらお節介な奴が多くてすぐに孤児院に連れ戻された。二度もだ。

それでも「慣れない場所で動揺したのでしょう」と微笑んだマギー院長に上手く反省したふりをし、三度目も決行したが、そこではよくわからない外部から来ていた奴らに連れ戻された。最悪だ。

さすがに、これ以降は簡単にいかないかもしれないと忌々しい気持ちでいた。

孤児院に戻ると、一度目二度目と同じように院長室に連れていかれた。

唯一、違うのは俺の逃走を邪魔したよくわからん変な女までついてきたことくらいだ。

孤児院に野菜の寄付に来たという女は綺麗な顔をしていて、まるで違う世界の人間みたいで、すごく癪《しゃく》に障った。

院長室に着くと、

「リアム、こうして抜け出すのはもう何度目になるか覚えていますか？」

マギー院長にそう聞かれたが、俺はそっぽを向いた。

わかってるに決まってるだろう。もう放っておいてくれればいいのだ。

「三度目ですよ。今回はこうして外部の方が見つけて連れ帰ってくださったので大事にはなりませんでしたが、前回と前々回は大騒ぎになり院の皆で探しに回り、町の人にまで迷惑をかけました。もうこのようなことをしてはならないときつく言ったはずですが」

わかってる。心配したと皆に言われ、また胸がざわざわしたんだ。

「なぜ、院を抜け出すのですか？　前もその前も結局、『もうしません』とその場だけ謝って出ていった訳を教えてはくれなかったですね。でも、今回こそは話してもらいますよ。前も聞きましたが、この院に何か嫌なことがありますか？　あなたはまだ異国から来たばかりなので色々と思うところがあるでしょう。教えてくれれば改善することもできますし、もし他の子どもたちとどうしても合わないというなら、別の院に移ることも検討できますよ？」

マギー院長が検討違いなことを言ってきた。

違う。そうではない。この人たちには俺の気持ちなどわからないのだ。

「リアム、話してくれないとわからないわ」

どうせ、わかるわけはない。俺は唇を噛《か》みしめた。その時、

「もしかして自分の国に帰りたいの？」

そんな言葉をかけられ、俺は驚いた。

今までかけられたことのない言葉、他の検討違いな言葉より真実に近い言葉。

それを言い当てられ、俺はその言葉を口にした女を睨《にら》んだが、女は気にした風もなく真っ直ぐな目を向けてきた。

俺の態度が変わったからだろう。院長が、

「リアム、そうなの自国に帰りたかったの？　でもあなたはスラムの孤児だったと連絡を受けたのだけど」

少し目を見開きそう聞いてきた。

「……ああ、そうだよ。戻ろうと思ったんだよ。スラムの孤児がスラムに戻っちゃ悪いのかよ」

そう言うと、

「スラムに戻ってどうするの？　ここにいれば衣食住にも困らないし安全に暮らせるのよ」

院長はそう言って距離を詰めてきた。俺は後ずさった。

わかっているそんなことは――だけど、

「……嫌なんだよ。こんな生ぬるい場所。気持ちわりぃんだよここは――」

「……リアム」

「だから、俺は帰るんだよ。あのスラムに、あそこに俺を帰せよ！」

今まで溜《た》めていた感情が爆発して出てきた。

そう、俺はスラムに戻るんだ。あそこでまた何も考えず動物みたいに暮らすんだ！

「リアム、でもスラムに戻ってもまた何があるか、いえ、今度こそ無事では済まないかもしれないのですよ」

院長たちが必死に引き留める言葉を紡いでいるようだったが、俺の耳には入ってこない。

俺はスラムに戻るんだ。戻らなくては！

「あの、本人、そんなに帰りたいなら帰してあげればいいんじゃないですか？」

その言葉ははっきりと俺の耳に届いた。

俺は言葉を発した女に目を移した。先ほどと同じようにこちらを真っ直ぐ見つめている。

職員が何かをわめいていたが、俺はただじっとその女を見ていた。

「それはどういう意味ですか？」

院長の問いかけに女は、

「どういう意味も何もそのままの意味です。そんなに帰りたいなら、元いた場所に帰してあげればいいじゃないですか」

そう答えた。

この変な女は俺が逃げるのを邪魔したというのに、今度は逃げるのを助けてくれるつもりなのか？

「ただし、それはここでしっかり知識を身につけてからです」

「……知識を身につける？」

どういうことだ？

「うん。知識だよ。ここにはスラムでは得られない知識がたくさん学べるんだよ」

女はそう言うと、俺に近づいてきて目の高さを合わせてきた。そうして近くで見た女の目は澄んだ水色だった。

「あのね。私の友人にエテェネルのスラム出身の人がいるんだけど、その人、子どもの頃、偶然、異国から来た大人に勉強とか色々教えてもらったんだって」

「……エテェネルのスラムで」

それはまさに俺がいた場所だった。

「それでその知識がその後、生きるためにすごく役に立ったって話してくれた。あのね、リアム。知識は生きるための武器なんだって」

「……生きるための武器？」

生きるための武器っていうのは剣など攻撃できるもののことではないのか？

「そう、戦うためには剣や槍《やり》を持つけど、生きるために持つのは知識だって言ってた。なんか深くてカッコいいよね」

女はそこで俺の目をしっかり見てにっと笑った。

「だから、リアムもスラムに帰るためにはしっかり知識を身につけないとだめよ。ここで学べる知識を全部身につけて、もう学べることはないとなったらそこで戻ればいいんじゃない」

生きるために学ぶ、考えたことがなかった。確かに俺は生きなければいけない。ではこのなんとも言えないざわつきを我慢して学んだほうがいいのか、そうすればこれから先も生きていけるのか。

それまでスラムに戻ることしか考えられなかったのに、その言葉に迷い始めていた。

あの変な女の言う通り、しばらく学校というところで学んでみた。

文字を読むことができない俺は自分より幼い子どもと共に本を開いた。初めてまともに習う勉強というものは興味深くて、もっとしたいと思った。

勉強に取り組んでいると「頑張って偉いね」と声をかけられる。

皆、温かく優しい。まるで村で家族と生活していた頃に戻ったようだ。

今日は学校が休みだが、院外の大人が勉強を見てくれるという。俺は今、習っている本を持って学習室へ行こうと思った。

その途中でバリンと大きな音がした。見ると掃除をしていた職員が誤って花瓶を割ってしまったようだ。

「わぁー。やっちゃった……っていった〜。手切っちゃった」

花瓶の破片で傷つけたのか、その職員の手から血がたらりと流れ落ちるのが見えた。

その瞬間、あの日、ねぇちゃんの肩から流れた血を鮮明に思い出した。

幸せな生活、あの夜も皆で楽しく食事をした。

兄弟思いのにぃちゃんが自分も大した量がないのにおかずを俺とねぇちゃんに分けてくれて大喜びした。

貧しかったけど、皆で今日のことを話して明日も頑張ろうって眠りについて、そしてまた一日が始まるはずだったのに。

皆でずっと頑張ってきたのに奪われるのは一瞬で、すべてなくなってしまった。

この勉強をいくら頑張っても、ここがどんなに暖かくても終わるのは一瞬だ。

俺は気が付いたら、また外へと飛び出していた。

今度はどこへ行こうと考えたわけではなく、ただ、ただどこかへと足を進めた。

「こら、どこ行くの！」

後ろでそんな声がして振り返ると、あの時の変な女がこちらを見ていた。

なぜあの女が、どうしてここに、そんな考えも咄嗟《とっさ》に出てはこず、ただまた捕まる。そう強く思い俺は必死で逃げた。

逃げて逃げて逃げて。ここでないところへ、必死で駆けて。

突然、バターンと大きな音が聞こえた。あまりの音に驚いて振り返ると、あの女がうつ伏せで倒れていた。

これはどういう状態なんだ。

驚きのあまりそれまで頭を占めていた『逃げなくては』という思考はかき消え、俺はただ呆《ぼう》然《ぜん》と変な女を見つめていた。

すると、唐突に女がむくりと起き上がりこちらへ寄ってきて、気付くとその腕の中に捕まっていた。

「やっと捕まえたわ」

女は悪そうな笑みをにやりと浮かべそう言った。

「おまえ、なんなんだよ。この間から」

俺のことがわかるようなことを言ったり、知識が武器だとか変なことを言ったり、部外者が深く関わってくるな。

俺は女の腕の中から逃れようともがいた。

「だってあなたが気になって」

女がそんなことを言った。

少し変だけど、質のいい服を着た綺麗な顔の女、きっと恵まれた人間なのだろう。

「なんだよ。恵まれた奴の暇つぶしで構うな」

俺はそう言って腕の中から女を睨んだが女は、

「どうして孤児院から逃げるの？」

そんな風に返してきて聞く耳を持たない。

なんなんだこの女は！

「……前にも言ったろう。あそこの生ぬるい空気が嫌なんだよ！」

あそこにいると胸がざわつく。嫌な気持ちになるんだよ。

「怖いの？」

その言葉にまるで胸を突き破られたみたいな衝撃を覚えた。

怖い？　今まで浮かんでこなかった言葉、しかし、それはあまりにもこの気持ちにぴったり合う気がした。

「リアムは孤児院で幸せになって、それを失ってしまうのが怖いの？　だから孤児院に慣れる前に出ていこうとしているの？」

幸せになってそれを失うのが怖い。

それは、今まで俺がずっと感じていたわけのわからない気持ちに説明がついた瞬間だった。

そうか、俺は怖かったんだ。

突然、あまりにも一瞬ですべて奪われた。何もなすすべがなかった。

ここで、この場所で昔みたいに幸せになれたとしても、またあんな風に奪われてしまうんじゃないかって怖かったんだ。そうか、そうだったのか。でも――。

「……っ、おまえに、おまえらなんかに何がわかるんだよ。平和な場所でのほほんと育った奴らに、盗賊に親も兄姉も殺されて、スラムでただ動物みたいに生きるしかなかった俺の気持ちがわかるわけねぇよ！」

俺は心からそう叫んでいた。

こんな平和な場所で育った奴に、目の前で切られた家族、腕の中で息絶えた姉、這ってゴミを漁った日々がわかるわけない。

何も奪われず、何も失ったこともないくせに！

それは俺の最後の抵抗だった。

わかってもらえないこんな場所、幸せになれるかもしれない場所、怖い、せつない。

気持ちがぐちゃぐちゃになり、俺は必死に女の腕の中から抜けようとあがいたが、腕の力はより強くなる。

「っやめろ！　放せよ」

「……わかんないよ。私はこの平和な場所でしか暮らしてないもの。理不尽な暴力もひどい環境もわかんない」

そうだ！　その通りだ。お前になんかわかるはずないんだ。

だから放っておけばいいんだ！

「それでも、私も孤児院の皆も、これからリアムと一緒に生きることができるよ。リアムの過去のことはわからないけど、わかろうとすることはできる。リアムが手を伸ばせば、私もそれに皆も、その手を取るよ」

わかろうとすることはできる。一緒に生きる。手を取って。女の言葉が頭の中で繰り返される。

女の目が真っ直ぐにこちらを見ていた。澄んだ水色の綺麗な目。

「だから怖がらないで手を伸ばしていいんだよ」

俺は失うのが怖くて怖くて、わかってもらえるはずなどないのだからと逃げて逃げて、伸ばされた手を拒絶してきたんだ。

スラムでは決して伸ばされることのなかった優しい手。それを取るのが怖くて胸がざわついたんだ。

でも本当は手を取りたかった。家族といた頃みたいに誰かに甘えたかった。

ずっとつらかったんだ。

何かがぷつりと切れる音がして、気が付けば目からボロボロと涙が流れていた。

そう言えば、家族が殺されたあの日も、涙を流してはいなかった気がする。

ただただ途方に暮れて、何もかもどうしていいかわからなくて、俺はあの日からずっと涙を流せずにきたんだ。

家族を失い数年、ただ生きることだけに必死だった俺は、温かな腕の中でようやく力を抜いて思い切り涙を流した。

「あのね。リアム。幸せな日々が失われるのはつらいけど、でもその幸せな思い出はつらい中を生き抜く力になってくれるんだって、だからこの先、リアムが院で経験する楽しいこと嬉しいことはこの後も、ずっとリアムの力になるから」

そうだ。確かに家族との幸せな思い出はスラムのつらい生活を支えてくれた。

俺はそっと女の背に手を伸ばしてみた。

すると、女は背をトントンと叩いてくれた。あの日の姉のように優しく。

ずっと我慢していたのか、とめどなく流れてきたリアムの涙もようやく止まった。

腕を放すと、照れくさいのか鼻を赤くしたリアムはそっぽを向いた。

こちらへの態度はそんなに変わらないが、纏《まと》う雰囲気はだいぶやわらかくなっていた。

「帰ろうか？」

そう言って手を差し出すと、リアムはおずおずしながらもその手を取った。

そうして手をつないで二人で歩き出した。

全力疾走してきたとはいえ、それほどの距離を走ったわけではないので孤児院へは少し歩けば着く。

「……そういえば、あんた。名前、なんていうの？」

リアムがぶっきらぼうに聞いてきた。

「私はカタリナよ。またちょいちょい来る予定だからよろしくね」

そう言うと、リアムは、

「……ん」

と小さく返事をくれた。

あんなに睨《にら》んでた子が、こんなお返事をくれるようになるなんてなんだか嬉《うれ》しくて、頭をな

でなですると、

「って、なにすんだよ」

顔を赤くして抗議されてしまった。とても可愛《かわい》い。ついにやにやしちゃう。

そんなやり取りをしていた時だった。

「楽しそうね」

そう前から声をかけられ、そちらへ目をやると、フードを被《かぶ》った人物が立っていた。

ん。誰《だれ》？　知り合いだろうか？

フードの人物は私たちの前までスタスタとやってくるとそのフードを外し、

「久しぶりね。カタリナ・クラエス」

そう言って笑った。

黒髪のその女の顔は見覚えがあった。この人はキースが誘拐された時にあの屋敷にいた！

「あなた。あの時の――」

「覚えていてくれて嬉しいわ」

女はにこりと微笑《ほほえ》んだ。

その顔に敵意は見られないが、この女は闇《やみ》の魔力を持ち平気で人を傷つける危険人物だということはラーナから聞いていた。

実際、キースはこの女のせいで命を落とすところだった。

私は自分の背にリアムを庇《かば》う態勢を取った。

しまう。


「あら、警戒してるの。悲しいわ」

そんな風に言いながらも女の表情は変わらず笑みを浮かべている。なんだか不気味に感じてしまう。

「何か御用ですか？」

距離を取りながら、そう尋ねると女は、

「うん。そっちの子どもに用があったんだけど」

とリアムを示した。

リアムに何かする気なの⁉　だとしたらここにいてはリアムが危ない。

私は背に庇っていたリアムにそっと告げた。

「リアム。孤児院まで走って」

「……でも」

不穏な空気を感じ取っているのだろう、躊躇《ためら》うリアムに、

「あなたは足が速いから、孤児院へ戻って私と一緒に来たサイラスって人を呼んできてもらいたいの。お願い」

安心させるように少し微笑んでそう頼むと、リアムはこくりと頷《うなず》き走り出した。

「あら」

とリアムの方を気にした女の前に私は立ちはだかった。

「リアムには何もさせないわ」

睨みながらそう告げる。

正直、闇の魔力をかなり使いこなしているこの女に私が勝てるとは思わない。でも、魔法省で上位の実力を持つサイラスが来てくれればなんとかなるかもしれない。せめてそれまでの時間を稼ぎたい。

「そんなに怖い顔をしなくても、もうあの子どもには何もしないわよ」

さっき、リアムに用があったとか言ったのに、

「どういうこと?」

女の真意がわからず聞き返すと、

「だって、あの子、目から淀《よど》みが消えちゃってるもの」

そんな答えが返ってきた。全然、意味がわからない。

「目から淀みが消えた? どういう意味?」

「う〜ん。抱え込んでいた暗いものが消えちゃった感じかしら。とにかくまたあなたのせいよ」

「えっ、私のせい!?」

何がどういうこと。

「どうしていつも邪魔をするのかしら、『闇の契約の書』まで横取りしちゃうし」

女は、口元は笑みの形のまま、少し眉《まゆ》を吊《つ》り上げた。

「契約の書を横取りって、あれは別に欲しくて手にしたわけでは……」

そう口にして、私ははっとする。

「どうして『闇の契約の書』のことを知っているの？」

『闇の契約の書』のことは魔法省の上部、後は私の身近な人くらいしか知らないことだ。なぜこの女が知っているのか。

「あら、私はなんでも知っているのよ。あなたが今、一生懸命、闇の魔法の練習をしていることもね」

「!?」

そんな最近始めた一部の人しか知りえないことまでも知っているなんて、本当にこの女は何者なのか。なんだか大きな恐怖を感じ私は後ずさった。

女の表情は変わらない。感情が読めない。

ここにいてはまずい。この女は危ない。私の直感がそう言っていた。

逃げ切れるか、いや、でも逃げなくてはまずい。

素早くそう判断すると、私はすぐにさっと身を翻《ひるがえ》し孤児院の方へと駆けだす。

「まだお話の途中なのにいけない人ね。たくさん邪魔をしてくれたし、少しお仕置きさせてもらうわ」

後ろから女がそう言った声が聞こえた。

何か嫌なものが、後ろから迫ってくるのがわかった。

まずい。振り返る余裕はなくそれがなんなのかわからないけど、それに捕まったらまずいことだけは直感的にわかり、私は必死に走った。

すると、道の先の方に見慣れた顔を見つけた。

あちらも必死にこちらへ駆けてきてくれるのがわかった。

あそこまで、あの二人のところまで行ければきっと大丈夫。

私は最後の力を振り絞って全力で走ったが……。

「捕まえた」

あの女の声が耳元で聞こえ、周りが黒い靄《もや》に覆われていく。

「カタリナ！」「義姉さん！」

二人の叫ぶ声が遠くに聞こえた。


黒い靄に包まれ、怖くなり思わず目をぎゅっとつぶった。

すると周りが異様に静かになった。

それまで聞こえていたはずの虫や鳥の鳴き声などの音が一切聞こえなくなった。耳が痛くなるような静寂。

怖くなって目を開けた。開けたはずだったのにそこは真っ暗だった。目が開いていないのかと瞬きを繰り返したが変わらない。

右を見ても左を見てもそこには暗闇が広がっていて何も見えない。

いや、もしかしたら何かあるのかもしれないが、真っ暗で何も見えないだけかもしれない。自分の手も足も身体も何も見えない。

でも試しに顔を手で触ってみれば触れた感覚もある。手も足も動かせる。だけど、周りに何があるかわからず動くのが躊躇われた。

ここはどこなのかしら？　間違いなくあの女の仕業ではあるのだろうけど、どういう状況なのかわからない。

『闇の契約の書』を押し付けられた時のように別の空間に飛ばされたのか、それともまた何か違う状況なのか。

何も見えないだけでなくて何も聞こえない。恐ろしく静かな暗闇の中。

これがどういう状況なのかまったくわからず、いつ戻るのかもわからない。それはすごい恐怖だった。

「……怖い」

思わずそう呟《つぶや》くと、

「カタリナ」「義姉さん」

なぜか近くから二人の声が聞こえてきた。

「えっ、ジオルド様、キース、近くにいるの？」

問いかけると、

「はい。何も見えませんがおそらく近くにいます」

「うん。この声の感じだとわりと近いと思う」

そう返事がきた。

「見えないってことはやっぱり二人も真っ暗闇の中なの？」

もしかしたら私だけこの暗い空間で、二人は違うのかもとか一瞬思ったけどそうではないようだ。

「そうですね。真っ暗ですね」

「何も見えないね」

二人の答えは予想通りで、やはり皆、状況は同じようだ。

「そうなのね。でもなんで二人までここに？」

あの時、私は二人の元までたどり着けなかったのに。

「カタリナが背後から来た黒い靄に呑《の》み込まれてしまったので、そこから引っ張りだそうと飛び出して手を伸ばしたのです。そしたら気付いたらここにいました」

「僕も同じだよ」

そっか、二人ともこちらへ駆けてきてくれたものね。ということは、

「私が二人も巻き込んでしまったのね。ごめんなさい」

見えていないかもしれないが、申し訳なくて頭を下げながらそう謝ったが、

「いえ、謝るのはこちらの方です。君を守れなかったのですから」

「そうだよ。もう少しのところまで来たのに、義姉さんを助けられなくてごめんね」

優しい二人はそんな風に言ってくれた。だから私は、

「ありがとう」

そう返した。優しい二人に心から感謝して。

「はい。ではこの話はここまでにして、どうやってここから出るかを考えましょうか」

そのジオルドの提案に私もキースも同意する。

「そもそも、これはどういう状態なんだろう。自分の身体《からだ》には触れられるから意識だけ飛ばされているとかではないよね」

キースがそう言い、ジオルドも、

「そうですね。この暗闇に入れられているという感じですね」

と返した。

「私たちは触れることができるのかな？」

私の問いにはキースが答えてくれた。

「触れられれば、同じ空間にいるということにはなるけど、どうだろう」

「試しに、キースの方へ行って触れられるかやってみるよ。キース、声出してて」

「えっ、こっちに来るの!?　大丈夫なの!?　っていうか触るってどこを!?」

そんなキースの声を頼りに暗闇を両手でかき分け声のする方へと歩く。

さっきまでは動くことがすごく怖かったけど、二人がいてくれると思うともう大丈夫だった。

何歩か進むと、伸ばしていた手に何か触れた。

「キース？」

「義姉さん？」

すぐ近くでキースの声が聞こえた。

「やったキースに触れたわ」

私はキースを確かめるようにさわさわと全身を触った。

「……って義姉さん、どこを触ってるの!?」

「ふぇ、どこに触っちゃった？」

「……って、もういいから、それ以上、触らないで！　ほら手」

そう言ってキースの手が私の手を掴《つか》んだ。

昔よりずっと大きく逞《たくま》しくなったその手は確かにキースのものだった。私はなんだかほっとした。

「先ほどから、何を二人で楽しそうにしているんですか？」

わりと至近距離からジオルドの声がして私は驚いた。

「えっ、ジオルド様もだいぶ近くですね」

「ええ、二人が楽しそうに話しているのを聞きながら、一人こちらへ歩いてきたんですよ。さぁ、カタリナ。僕のことも触ってくれていいですよ」

「そう言われても、見えないのでどこにいるのかわからないのですが」

私はそう答えた。

「ああ、そうですね。では今、手を……とこれはキースの手ですね。なんで僕の手を掴んでいるんですか放してもらえますか」

どうやらジオルドの手をキースが掴んだようだ。しかもそのことにジオルドはすぐ気が付いたようだ。二人ともすごいな。

「いえ、この暗闇の中、義姉さんのどこを触るつもりなんですか。どさくさに紛れていかがわしいことはやめてもらえますか」

「何を言っているのかわかりませんね。そんなことを考える君の方がいかがわしいのではないですかキース。それに君の方は暗闇に紛れてカタリナにどこを触らせたんですか？」

「なっ、あれは義姉さんが勝手に触っただけで、僕は……」

「へぇー、で、どこを触らせたんですか？」

「だから、触らせてなんか……」

ああ、なんて言うか、二人とも本当にいつも通りだ。

こんなわけのわからない暗闇の中なのにまったくいつも通り――――なんだか可笑《おか》しくなってきた。

「ふふふふふふ」

思わず漏れてしまった笑いに、ジオルドとキースが反応した。

「どうしたんですか？　カタリナ」

「どうしたの？　義姉さん」

「あの、こんな中で二人があまりにもいつも通りだから、なんだか可笑しくなってきちゃって」

私はそう言って、込み上げた笑いに身を任せしばらく笑わせてもらった。

二人の顔は見えないけど、きっと呆《あき》れて見ているんだろうな。

ひとしきり笑って、気が付けばあんなに怖いと感じていた場所も全然、怖くなくなっていた。

「よし、じゃあ、どうしたらいいか考えるわ」

怖さもなくなって冷静になり、私はそう宣言した。

そして結局、左手をジオルド、右手をキースとつないだ。

「こうして、皆が触れられるということは、僕らは皆でこの暗闇の空間に入れられていると考えてもよさそうですね」

「そうですね。別々の場所にいてつながっているということではなかったですね」

ジオルドとキースがそう言った。

「うん。たぶんあの女の闇の魔法でこの空間に入れられたのね」

真っ暗闇空間とかいかにも闇の魔法っぽいもの。

「女というのはカタリナのことを教えてくれたあの子どもが言っていたフードの女のことですか？」

「子どもって、リアム！　無事に孤児院に着いたんだね。よかった」

「うん。義姉さんがフードの怖い女に絡まれて危なそうだから助けてくれって、孤児院に駆け込んできて僕たちに知らせてくれたんだ」

「そっか、リアム。頑張ってくれたんだね」

ありがとう。リアム。

「それで、僕たちも慌てて彼の教えてくれた場所まで向かっていたら、黒い靄に追いかけられているカタリナを見つけたというわけです」

「そうだったんだ。あれ、あの時、後ろにその女はいなかった？」

「ううん。あの時はあの場には義姉さんしかいなかったよ」

「あれ、おかしいな。靄に包まれる直前、耳元で女の声がした気がしたんだけど」

「もしかしたら、それも魔法の何かなのかもしれないですね。闇の魔法はまだほとんど解明されていませんから」

「そっか」

だからこそ、魔法省のお偉いさんが私にも闇の魔法を覚えさせて、契約の書の内容を少しでも知りたいと言っているんだろうな。

でも、ここ数日頑張ってるけど、できるようになったのは空間に闇をちょっと出したり、しまったりすることだけなんだよな。

悔しいけどこんな風に真っ暗闇を出せるあのフードの女には到底、敵《かな》いそうもないよな。

あれもしかして、この空間は私が今、練習しているあの闇魔法と同じようなものなのかしら？　確かラファエルは一部屋くらい真っ暗にできるみたいなことを言っていたけど。

なら、練習中のあれでなんとかなるかも。暗闇はちょっとしか出せないけど、もしかしたらしまうほうはいけるかも。

「あのね、今、練習している闇の魔法で空間に暗闇を出してしまうっていうのがあって、それを試してみようと思う」

私はそう告げて、一度、二人から手を放した。

「カタリナ、無理はしないでください」

「義姉さん、危ないと思ったらすぐやめるんだよ」

「うん。二人とも心配してくれてありがとう」

私はそう言うと、ラファエルとの練習を思い出した。

まずはあの髑髏《どくろ》ステッキを思い浮かべて――。

この真っ暗闇の中で影からステッキが出てきてくれるか不安だったが、思い描くと手にステッキの感覚がきた。

よし、見えないけどとりあえず出てきた。あとは、練習でやったように出した闇をしまうような感覚で――。

「えぃ！」

そう言ってステッキを振ると、少し離れた場所にぽっかりと白い豆が浮かび出てきた。それはまさに黒豆の反対っていう感じだった。

やった。ちょっとだけどできた。

よし、今度はもっともっといっぱい吸い込むイメージで、

「えぃ！」

私はもう一度、ステッキを振った。すると、周りの暗闇が白豆にしゅるしゅると吸い込まれていく。

そのすごい勢いに、なんだか私たちも吸い込まれるんではないかと思ったけど、そこは大丈夫だった。

そして暗闇は白豆にドンドン吸い込まれていった。

やがて目の前が眩《まばゆ》い光に包まれ、思わず目をぎゅっとつぶった。

すると周りから虫や鳥の鳴き声などが聞こえ始めた。

バッと目を開けると、そこは先ほど黒い靄に包まれた場所で、両隣にはジオルドとキースが立っていた。

「戻ってこられたんだ」

ほっとしてなんだか力が抜ける私を二人が支えてくれた。

「ありがとう」と二人にお礼を言っていると、

「カタリナ嬢」

と後ろから私を呼ぶ声がして振り返ると、見慣れた顔が並んでいた。

「あ、サイラス様？　リアム」

と私が口にするやいなや、リアムがだっと駆けてきて私にしがみついてきた。

「えっ、リアム？」

驚いて目を見開く私に、サイラスが、

「この子が君の危険を知らせてくれたんだ。ジオルド様たちが先に駆けていってしまい。私も後を追う際に、危ないから孤児院で待っているように言ったのだが、こっそりついてきてしまった。遠目に君たちがこの場で闇に呑まれるのを目にしたようで、いくら言い聞かせてもここから動かなかった」

と教えてくれた。

しがみつくリアムにそっと触れると、小さく震えていた。

「リアム、心配させてごめんね」

そう言うと、リアムは小さな声でポツリと呟いた。

「……あんたもいなくなっちゃうかと思った」

そうだリアムは家族を亡くしていたんだ。

「怖い思いをさせてごめんね。でも、リアムが皆に知らせてくれたから、こうして無事に戻ってこられたよ」

リアムが孤児院に皆を呼びに行ってくれたから、ジオルドとキースが駆けつけてくれて、二人がいてくれたから闇の中の恐怖も消えて冷静になれた。

「リアムのお陰だよ。本当にありがとう」

そう言ってリアムの頭を撫《な》でると、リアムはまたポロポロと涙を流してしまったので、私は慌ててその背をトントンした。

「それでサイラス様、外から見た僕らは一体、どういう状況だったんですか？」

ジオルドがそう尋ねた。

「私から見えたのは、ここで君たちが皆、黒い靄のようなものに呑み込まれたというものだった。そして君たちを呑み込んだ靄はそのままこのあたり一帯に漂っていた。不用意に触れていいものなのかわからず、まず魔法省へ応援要請を出し、それをここで待っていたところだ」

サイラスがそう答えた。

「この辺一帯に黒い靄が？　それはどれくらいの範囲で――」

キースがさらに質問をしかけたが、サイラスがそれを手で止めた。

「色々と話を聞かなければならないが、ここを移動して孤児院に戻ってからにしよう。孤児院の職員などに頼み、ここの人払いをしてもらっているが、いつまでもこうしていると目立ってしまう。今日の出来事は公にできるものではないのでな」

確かにサイラスの言う通りだ。公にされていない闇の魔法をこんなところで使われ、これが噂《うわさ》で広まってしまってはいけない。

私たちは、急いで孤児院へと戻った。

孤児院へ戻り、リアムに休むように言って職員に引き渡し、私たちは院長室へ向かった。

院長室にはマギー院長がいて、椅子《いす》を勧めてくれた。そして『魔法省の機密を耳に入れることはできませんので、私は席を外しておりますね』と去っていった。

どうやら秘密の話に部屋だけ提供してくれたらしい。

そうしてマギー院長が出ていき、他《ほか》の皆が椅子に座ったところで、サイラスが口を開いた。

「先ほども少し言ったが、改めてあそこでの出来事を把握したい。まず、私の方で目にしたことをそのまま話すので、それから君たちが体験したことを話してもらってもいいか？」

私たちはもちろんと承諾した。私たち自身、わからないことだらけだったので。

そうして、サイラスが話してくれたサイラスの方から見た私たちの状況はこうだった。

私、そして私に手を伸ばしてくれたキース、ジオルドが黒い靄に包まれた。

その靄はそのまま増えていき、あたり一帯と言ってもこの院長室くらいの範囲に広がり止まった。

その高さはサイラスの背より少し高いくらいだが、中の様子はまったくわからなかった。

三人ともこの靄に呑まれたのでここにいるはずだが、不用意に触れれば同じく呑まれる可能性もあり、またいくら中に呼びかけても返事はない。

このままではまずいとサイラスは孤児院の職員にこの場の人払いを頼み、魔法省へ応援要請を頼んだ。

そうしている間に、リアムがこっそりついてきているのに気付き、危ないので帰そうと説得していると、靄がドンドンと小さくなっていき、やがてその中心から私たち三人が現れたのだそうだ。

靄から出てきてすぐに見たサイラスの顔が、きょとんとしていた理由が少しわかった。

色々、どうしようか模索してたら、なんかあっさり解決してびっくりという感じだったんだろう。

サイラスの話を聞き、今度は私たちが自分たちに起こったことを話した。

黒い靄に包まれたら、真っ暗闇な空間にいて何も見えず最初は何も聞こえなかったが、お互いの声だけは聞こえることに気づき。そこから手探りでキースとジオルドと合流して、私が習っている闇の魔法を使ってみたところ闇が吸い込まれて消え、そしてあの場所に立っていたこと。

すべてを聞き終えたサイラスは難しい顔をして考え込むと、しばらくして口を開いた。

「今の話を聞くと君たちがいた場所と実際の靄の範囲が合わない気がする。あの靄の範囲はせいぜいこの院長室くらいだ。あの中に大人《おとな》がそんなに歩き回れるほどの距離があったとは思えん。それに音が何も聞こえなくなってというのもおかしい。靄が現れた後も私の周りには普通に音があった。ただ靄の中に入ったというだけならば音が消えたりしないだろう」

おお、さすがサイラスだ。これだけの話でもうそんなことまで推察するとは見事だ。

私なんて、そっか～、その黒い靄の中にいたんだ～としか思わなかったのにな。

「ただ単に靄の中にいたわけではなく、契約の書を手に入れた時のマリアやカタリナ嬢のように別の空間に飛ばされていたのかもしれないな。いずれにしろ。また魔法省の方でしっかり聞き取りをさせてもらう必要があるな。ジオルド王子、キース・クラエス。できればこのまま魔法省へ来てもらいたいのだが、可能だろうか？」

「僕は、今日はずっとカタリナといるつもりで予定を空けてきたんで大丈夫ですよ」

「相手の予定も聞いていないのに怖いですよ。僕も大丈夫です」

「そうか、よかった。ではこれから魔法省へ――」

サイラスがそう言いかけた時、院長室のドアがバタンと開いた。

驚いてそちらへ目をやると、

「カタリナ様！」

息を切らしたマリアが、私を見つけてそう叫ぶとばっと駆け寄ってきて、私の肩を掴みなんだか身体中を確認された。

「マリア⁉　どうしてここに？」

マリアにされるがままになりながら、混乱しながらそう口にすると、その問いにはサイラスが答えてくれた。

「闇の魔法に関わる案件だと魔法省に伝えたので、おそらく近くで仕事をしていたマリアに声がかかったのだろう」

「……はい。その通りです。この近くで仕事をしていたら、魔法省から連絡が来て、闇の魔法をかけられた者が出たらしいと、しかもそれがクラエス家の令嬢らしいと聞いて、心配で心配で全速力で来たのですが……カタリナ様、一見では怪我《けが》はないようですが、大丈夫ですか？」

マリアがそれは心配そうな顔をしてそう聞いてきた。身体中を確認したのは怪我がないか確かめるためだったようだ。

「怪我もなにもないし大丈夫よ。心配してくれてありがとう」

そう告げると、マリアはほっとした表情を見せ、そのまま床にぺたりと座り込んでしまった。

「わっ、マリア、大丈夫？」

手を貸しながらそう尋ねれば、マリアは少し頬《ほお》を赤くし恥ずかしそうに呟いた。

「あの、少し必死に走りすぎたみたいで、ほっとしたらなんだか足ががくがくしてしまって……」

言われて見てみれば足が小さく震えている。

私のためにこんなに足ががくがくになるまで、一生懸命になって来てくれたんだ。

「マリア、ありがとう」

ここで私が男なら、カッコよく立てないマリアをお姫様抱っこで運んだんだけど、さすがに無理だろうな。

でも普段から畑で鍛えてるからいけるかも、とマリアと自分の腕を見比べ考えてたら、

「いや、義姉さん。無理だから、絶対できないから」

「そうですよ。カタリナ。そういうことは男に任せればいいですから、ということでサイラス様。マリアをお願いします」

長年の付き合いであるキースとジオルドに私の考えはお見通しだったようで、先にそう言わ

れてしまった。

「あ、ああ、わかった」

ジオルドに指名され、サイラスはかなり戸惑いながらも、

「その、マリア、失礼する」

と言っておずおずとマリアを抱き上げた。

サイラスの顔は真っ赤だが、満更でもなさそうだ。

よかったねと思いつつ、私ももっと力があればとちょっぴり悔しくも思ってしまう。

そして、私たちはこのまま予定を切り上げ、魔法省へ戻ることになった。

サイラスが手配してくれたのだろう。もう戻るための馬車も到着していた。

馬車の脇《わき》にはマギー院長とリアムが立っていた。

「えっ、リアム、部屋で休んでって言ったのに」

私の危険を知らせるために孤児院まで全力疾走してくれたリアムは、怖い出来事にも巻き込まれ疲れただろうから部屋で休むように言って、院長室へ入る前に別れたはずだ。

口を尖《とが》らせるリアムの横でマギー院長が苦笑して告げた。

「私も休むように言ったのだけど、あなたたちがすぐに戻るというのを聞いてしまったみたいでどうしても見送りをしたいと言って聞かなくて」

その言葉にリアムの頬が少し膨れて、とても可愛らしい。

「リアム、ありがとう。今日は用事ができてすぐに帰らなきゃいけなくなっちゃったけど、ま

た近々、会いに来るね」

　そう告げると、リアムが上目遣いの不安そうな目で、

「……本当に？」

と聞いてきた。うっ、素直になったリアムの可愛さがすごい。

　そして確かに口約束だけだと不安よね。そうだ。

　私はポケットに入っていたハンカチを取り出すと、リアムの小さな手を取りその上にポンと置いた。リアムが目を真ん丸にした。

「これ、お気に入りのハンカチなの。次に来る時までリアムに預けさせて」

「……」

「必ずまた来るから」

　そう告げて頭をなでなでするると、リアムは私のドレスを少しだけぎゅっと掴んできた。

　遠慮がちのその少し甘えた様子に私の母性本能は大いに刺激され、私は再びリアムをぎゅっと抱きしめた。リアムも抱きしめ返してくれた。

「……絶対だぞ」

　頬を赤くしてリアムが小さく呟いた。

「うん。必ず」

　私はリアムの目を真っ直《す》ぐ見て告げた。

　そうして、子どもたちが作ったおやつをお土産《みやげ》にいただき、リアムとマギー院長にさよなら

をして馬車に乗り込むと、

「カタリナ、あんな子どもまでも誑《たら》し込んで、もういい加減、やめて欲しいのですが」

「本当だよ、義姉さん。もう少し自粛してよ」

とジオルドとキースに言われ、私は鼻水がたれていた!?　と慌てた。

すぐに手近な布で顔を拭《ふ》き、

「マリア、私の鼻からまだ何か垂れてる?」

そうマリアに確認すると、

「大丈夫です。カタリナ様」

と言ってもらえて安心した。

拭き取れたようだ。

キースとジオルドは大きなため息を吐いていた。

いや、ちょっと色々と大変だったし、ここは鼻水くらい垂れてても少しは見逃《みのが》して欲しいというか、もっと早く教えてくれとやや恨みがましい気持ちになった。

ちなみにサイラスはまた御者となった。さっきはお姫様だっこすらできたというのに、まだ馬車の中は無理とか、サイラスの基準がわからない。

そして馬車は魔法省へ向かって走りだした。

魔法省に到着し門をくぐると、そこには見慣れた顔が並んでいた。

「メアリ、ソフィア、アラン様、ニコル様、なぜここに！」

驚く私にメアリが口元を押さえながら、

「それが、スパイ、じゃなかったアラン様からジオルド様が公務でもなく城を空けているようだという情報が入ったので、カタリナ様の安否を確かめるべく慌てて魔法省へ来てみると、カタリナ様はお休みだとお聞きして、では一体どこにいらっしゃるのかと話し合っているうちに、今度はカタリナ様が事件に巻き込まれたらしいという情報を聞いて……」

そんな風に説明し、最後は心配そうな顔でこちらを見てきた。

どうも闇魔法にかかった件が伝わり、皆にもかなり心配をかけてしまったようだ。初めアランをスパイと呼び間違えたのは動揺していたせいだろう。

「どうやら無事らしいとは聞いたが、ちゃんと確かめたいと、ここでお前が来るのを待っていたんだ」

アランがメアリを支えるように立ちながらそう補足してくれた。

「カタリナ様、お身体は大丈夫ですか？　お怪我はありませんか？」

ソフィアが前のめりでそう聞いてきたので、

「大丈夫、怪我もなにもないわ。皆、心配させてしまってごめんね」

そう答え、元気なことをアピールすべくピョンピョン跳ねると、皆、ほっとした顔をした。

そこへ門のところで門番と何やらやり取りをしていたサイラスがやってきて、

「皆、せっかく集まってもらっているところ悪いが、カタリナたちからすぐに聞き取りをしたい。君たちはもう家に戻りなさい」

と告げたのだが、

「いえ、できればカタリナ様からお話もお聞きしたいので終わるまで待ちます」

メアリがそう言い、アランもそれに同意した。

「私も」

ソフィアもそう言った。

「しかし、遅くなるかもしれんぞ」

サイラスがそう言うと、ニコルが、

「皆、家に連絡を入れさせますし、責任は私が取ります。こうなることも予測して魔法省の一室はすでに借りております。そこで大人《おとな》しくしていますので」

すらすらとそう述べた。

なんというかさすがニコル、しっかりしている。そんなニコルの言葉を受け、サイラスも同意してくれた。

私は聞き取りが終わったら、皆の待つところへ行くと約束して、サイラスに先導され、ジオルド、キース、マリアと共に聞き取りをするという部屋へ向かった。

マリアは直接関わったわけではないが、光の魔力保持者として闇の魔力に対する意見を聞きたいということで一緒に行くこととなったのだ。

部屋に着いて中に入るとそこにはラーナとラファエルが待っていた。

「うむ。よく無事に戻ってきてくれた」

ラーナは私たちをまじまじと見ながらそう言うと、ラファエルに目を移し、

「カタリナ嬢がラファエルから習った闇の魔法で、敵の闇魔法を破ったとのことでラファエルにも意見を聞きたいので、同席してもらう」

と私たちに告げた。

ラーナの言葉を受けラファエルがぺこりと頭を下げる。

そしてチラリと私を見て目が合うと小さく微笑んだ。その表情が『無事でよかった』と言っていた。

ありがとう、ラファエルが闇の魔法を教えてくれたお陰で無事に戻ってくることができたよ。

私もラファエルに向けて微笑みを返した。

そして皆が席に着いたところで、ラーナが口を開いた。

「では、早速、詳しい話を聞かせてもらおうか」

「そうだな。ではまず先ほどカタリナたちから聞いた話と私が実際に目にしたものの話をしよう」

サイラスがそう言って、先ほどの孤児院でした話をまとめてラーナとラファエルに説明した。

「うむ。それは非常に興味深い……ではなかった危険な出来事だったな。しかし本当に無事でよかった」

説明を聞いたラーナがやや本音を混じらせつつそんな風に言い、今度は私に目を向けた。

「ところでカタリナ嬢の闇の魔法はまだそんなに大きなことはできないと聞いていたのだが、それほどの闇を吸い取れたというのは魔力が強くなったのだろうか？」

興味津々《きょうみしんしん》といった風のラーナにやや押されつつ、

「いえ、たぶん。吸い取るのが得意だっただけかなと思うんですけど」

と答えると、

「うむ。少しだけ試してみてくれないか」

と言われたので「いいですよ」とステッキを出した。

ステッキを出すところは初見のジオルド、キースはとても驚いた様子を見せ、ラーナは期待に満ちた目をキラキラさせていた。

そして先ほどのように「えぃ！」とやってみたが、結果はいつも通りの豆粒だけだった。

ほら、やはり吸い取るのが得意なだけだった。だってあの時に劇的に何か変わった感じとか全然、なかったもの。

ジオルドとキースなんて、白豆の闇の吸い取りだけは見てるから、黒豆にきょとんとなってしまってるじゃない。なんか少し恥ずかしいわ。

「うむ。やはり、カタリナ嬢の言う通りなのか。ラファエルはどう思う？」

残念そうなラーナにそう話を振られ、ラファエルが答えた。

「闇の魔力については本当に未知数なので、そういうこともあるのかもしれないとしか言えませんね。その女の使った魔法も一体、どんなものなのかわかりませんし」

「そうだな。闇靄を出して閉じ込めるとか、一体、どういう仕組みの魔法なんだ。ああ、私もこの目で見てみたい」

重度の魔法オタクであるラーナはとにかく未知の魔法である闇の魔法が気になるようだった。

闇の魔法は禁忌であり、手に入れるには人の命が必要とされている（私は今のところ唯一の例外）からラーナも闇の魔力が欲しいとは口にしないが、禁忌でなく命のやり取りがなかったら、多少危なくとも絶対に手を出している気がする。

そんなラーナが、新たに何かを思い出したようで、口を開いた。

「あっ、そうだ。カタリナ嬢。先ほどの話を聞くとその女に会ったのはカタリナ嬢と、その子どもだけということになるが、具体的にどんな様子だったか聞けるか？」

「あっ、はい」

そう言われれば、ジオルドとキースはあの女を見ていないらしいので、会ったのは私とリアムだけだ。

サイラスはだいたいのことをリアムから聞いていたので私の方からあの女について詳しくは話していなかった。

私はあの時のことを思い出してみた。

「なんて言うか表情も読めなくて何を考えているかわからない人という感じでした。その、彼女が以前、ラーナ様たちが言っていた危険人物で間違いないのでしょうか？」

「黒髪で闇の魔法を使う君たちと同年代くらいの女性が多数いるのでなければ間違いないだろう」

そうだよね。そんなにいっぱい闇の魔法を使う人がいたら大変だよね。

「ちなみに、その女はサラと名乗っている」

ラーナが教えてくれた。

「サラっていう名前なんですか？」

「いや、通り名のようなものかもしれん。そもそも名前があるかどうかもわからん存在だったのだ」

「それは、どういうことですか？」

なんだか不穏な空気に眉を寄せ尋ねると、サイラスが、

「おい。ラーナ。話すのか？」

と険しい顔をした。

「もうこれだけ関わっているし、この感じだとおそらく今後も関わることになるだろう。話しておいた方がいい」

「そうか。ならお前に任せる」

サイラスはそう言って黙ってしまった。

なんて言うかこのやり取りを聞いただけで、これから話される話がいいものではないことがわかる。

「では、サラという女性について、私たちが立てている仮説を話そう。ここで聞いたことは他《た》言無用《ごんむよう》で頼む」

ラーナはそう言うとサラと名乗る女性の生い立ちと思われるものを話しだした。

ディーク家で行われていた闇の魔力の実験、それに使われ発覚を恐れた者たちに処分された子どもたち。

それは聞いているだけで胸が痛くなる話だった。皆の顔も強《こわ》ばった。

「彼女がどういう経緯を経てどこに行き着き、今のようなことをしているのかはまったくわからないままだが、彼女の後ろにはそれなりに地位のある人物がいるのは確かだ。もしまた出くわすことがあったら、くれぐれも注意してくれ」

ラーナはそう話を締めくくった。

サラ、子どもの頃《ころ》から闇の魔法の実験に使われて、ようやく解放された今は、別の誰かに使われている女の子。

なんだろう。あんなに怖いと感じた人が、話を聞いた今は迷子の小さな子どものように思えてきた。

★★★★★

「カタリナ・クラエスが魔法省へ戻ったようだよ。サラ」

彼の言葉に私は眉を寄せた。

それは思っていたよりずっと早い帰還だった。

カタリナ・クラエスの魔力は弱いと聞いていたが、闇の魔法に関してはそうでもないのかもしれない。

「それにしても、あんな場所で闇の魔法を使うなんて目立つことをするなんて、君らしくないな」

彼の口調は淡々としていたが、それでもその言葉の端に責める響きを感じ、

「すみませんでした」

と私は謝罪した。

しかし、彼はきょとんとして言った。

「いや、責めているわけではなく意外だったんだ。いつも冷静な君がどうしたのだろうと疑問だっただけだ」

どうやら責められてはいなかったようだ。

しかしあの時、冷静さを失っていたのは事実だ。それは――。

「色々と邪魔をされてばかりで少し苛立《いらだ》っていたのかもしれません」

そう答えると、

「そうか、また邪魔をされてしまったからな。仕方ないな。しかし、色々と疲れただろう。あとは僕がやっておくから、サラ、君は休んでくれていい」

彼はそう言って私に退出し休むように促した。

私は頭を下げ部屋を出た。

誰よりも大事な彼に初めて嘘《うそ》をついてしまった。いいえ、正確に言うと嘘をついたわけではなく、すべて話さなかっただけだ。

カタリナ・クラエスに邪魔され苛立った。

それも確かに事実ではあったが……ただ本当は少しだけ違った。

『わかんないよ。私はこの平和な国でしか暮らしてないもの。理不尽な暴力もひどい環境もわかんない。それでも、私も孤児院の皆も、これからリアムと一緒に生きることができるよ。リアムの過去のことはわからないけど、わかろうとすることはできる。リアムが手を伸ばせば、私もそれに皆も、その手を取るよ。だから怖がらないで手を伸ばしていいんだよ』

カタリナ・クラエスがあの子どもに言ったこの台詞《セリフ》に――胸がざわついた。

私に言われたわけではないその台詞に心がぐらぐらと揺れた。そして、

『あのね。リアム。幸せな日々が失われるのはつらいけど、でもその幸せな思い出はつらい中を生き抜く力になってくれるんだって、だからこの先、リアムが院で経験する楽しいこと嬉しいことはこの後も、ずっとリアムの力になるから』

その台詞が私のもう忘れてしまっていた古い記憶を思い出させた。

あの暗闇に閉じ込められる前も、私はそれほど幸福ではなかった。

仕事ばかりであまり家に寄りつかなかった父が完全に姿を消し、母と二人きりになった。

母は塞《ふさ》ぎ込むようになり、私の声は聞こえていないようだった。

食料もない時が多く、空腹な私は近隣を歩き回り食べ物を探した。

そんな時に、あの子に出会った。

茂みの中に隠れるようにしゃがみ込んでいた私と同じくらいの年の男の子。

「何しているの？」

そう声をかけると、

「隠れているんだ」

と返してきたその子の目はすごく悲しそうで、なんだか自分に似ていると思った。

「隣に座ってもいい？」

そう聞くと男の子は驚いた顔をした。でも、

「いいよ」

と言ってくれたので、私は男の子の隣に座った。

何を話すわけでもなく隣にいただけだけど、なんだか心地よい気持ちになれた。

日が少し傾くと男の子は、

「もう帰らなきゃ」

と言った。

「またここにくる？」

と私は聞いたけど、男の子は、

「わからない」

と寂しそうな目で首を振り去っていった。

そんな風に言われたけど、私は次の日も、男の子がいた場所へ向かった。

同じ茂みにはいなかったけど一生懸命探すと少し離れた茂みにまた隠れていた。

「隣に座ってもいい？」

私がそう声をかけると、男の子はまた驚いた顔をして、でも、

「いいよ」

と言ってくれた。

そして、私と男の子の交流が始まった。

男の子はいない日もあったけど、それでも私は毎日通って、彼を見つけては隣に座った。

やがて少しずつ話をしたり、私がとってきた果実を食べたりするようになった。

男の子と過ごす時間はとても楽しかった。

そんな時間は彼が段々と痩《や》せて顔色が悪くなり、「もうこれそうもない」と告げるまで続いた。

最後の日に彼がくれたのは小さな花の押し花だった。

それはその後、暗闇に閉じ込められた私のポケットにずっといてくれた。

こんな出来事、闇の中でもう何も考えないようにしようと心をしめてから、忘れていたというのに。

胸がざわつく。冷静になれない。

なぜこんな出来事を思い出してしまったのか、心が乱れるようなことは早く忘れてしまわなくては――。そう思うのに、なかなか上手《うま》くいかない。

噛《か》みしめた唇から血が流れた。

★★★★★

「うむ。では聞き取りはこれで終了だ。また何か別に思い出したことがあったら教えてくれ」

ラーナがそう言って本日の聞き取りは終わった。

なんと言うか休日であったのに、魔法省に来ることになってしまったし、なかなかに濃くて疲れる一日だった。

「私とサイラスはまた上へ報告があるのでここで失礼する。ラファエルとマリア嬢は自分の部署へ戻ってくれ、カタリナ嬢たちはもう帰宅してもらって構わない」

ラーナがそう言って解散となる。

私は部署へ戻ろうとするラファエルに声をかけた。

「あの、ラファエル」

ちゃんとお礼を言っておきたくて、

「ラファエルが魔法を教えてくれたお陰で助かることができたわ。それにリアムのこともラファエルが推測してくれた通りで、ラファエルのお陰でリアムから手を伸ばしてくれて、あの言葉も伝えることができたわ。本当にラファエルはすごいわ。ありがとう」

そう伝えると、

「いいえ。魔法はカタリナ様の実力ですし、リアムのこともカタリナ様だからできたことです。すごいのはあなたですよ」

ラファエルは優しい微笑みを浮かべてそんな風に言った。

ラファエルはマリアやサイラスと同じで謙遜《けんそん》するタイプだからな。きっといくらすごいと言ってもこんな風に返されてしまうな。なので、

「ありがとう。じゃあ、これはいつも魔法を教えてくれるお礼です」

私はそう言って、ラファエルに紙袋を手渡した。

「これは？」

驚くラファエルに、私はこっそり告げた。

「孤児院の子どもたちが作ったおやつです。たくさんもらったのでお裾分《すそわ》けです。いつもありがとうラファエル」

そう言うとラファエルの顔が少しだけ赤くなった。

そうしてラファエルとマリアとも別れ、私とジオルドとキースは、メアリたちの待つ部屋へと向かった。

「カタリナはラファエルとずいぶん親しくなっているのですね」

「え、ジオルド様、なんなんですか、いきなり」

「義姉さん。僕も少し驚いたんだけど、何、魔法の練習って二人っきりでしてるの？」

なぜか二人に両脇からそんな風に詰め寄られる。

「そうだよ。だって禁忌の魔法で、他に知っている人も限られるから、何かおかしいかな？」

そう答えると、二人ともため息をついた。

「さすがカタリナですね。しかし、ラファエル・ウォルトが何かするとは思えませんから、そこは大丈夫でしょうが……大丈夫ですよね？」

「大丈夫だとは思います……おそらく……というか義姉さん何度も言うけど、義姉さんは淑女としても危機感が欠如してるよ」

なんだか失礼なことを言われつつ、気を付けるようにと二人に念を押される。

いや、魔法省でラファエルと一緒で気を付けることとなんてないでしょうと思いつつ、ここで二人に反論しても無駄なことはもうわかっているので、

「わかったわよ。気を付けるわ。ほら、メアリたちのところに着いたよ」

そう言って、ドアをノックし部屋へ入った。

「カタリナ様、お待ちしておりました」

中に入るとメアリが抱きついてきた。

「遅くなってごめんね」

待たせてしまったことを謝ったけど、メアリは横に首を振った。

「いいえ。私たちが勝手に待っていただけなので気にしないでください」

他の皆もそうだと頷いた。

「それで、今回はいったい何があったんだ。だいぶ危険だったようだと聞いたのだが？」

ニコルがそう言って真剣な目を向けてきたので私は、

「え～と、実はですね――」

と今日あった出来事（ラーナに聞いたサラの話以外）を皆に話した。

途中でジオルドとキースの補足説明を交えつつ話し終えると、ソフィアが、

「なんと言うかすごく大変でしたね」

と私が思ったのと同じような感想を口にした。

だよね。今日の私たちに起きた出来事って本当に大変だったよね。

「そのような未知の闇の魔法をかけられ、よく無事に帰還できたな」

ニコルもたぶん驚いている感じでそう言った。

「本当にカタリナ様に何もなくてよかったです」

ソフィアがそう言って微笑んだ。

「しかし、そんな暗闇に閉じ込めるような魔法なんてものが存在するんだな。カタリナ、お前よく冷静に習った魔法で対応できたな」

アランが感心したようにそう言った。

「ううん。私も初めはすごく慌ててしまったんだけど、ジオルド様とキースが一緒にいてくれるのがわかって冷静になれたの。二人のお陰よ」

あそこで一人のままだったら、私はきっとあの中から抜け出せなかったと思う。

あの時、私に手を伸ばしてくれた二人には本当に感謝している。

私がそんな風に二人に改めて感謝を伝えていると、

「あの、その出ることができない場所に三人で閉じ込められてしまったということなのですが、カタリナ様は大丈夫だったのでしょうか？」

話を聞き終えてから黙っていたメアリがらしくないおずおずした感じでそう聞いてきた。

「うん。さっきも言った通り怪我一つないから大丈夫よ」

メアリったらまだ心配してくれていたのね。

「あ、いえ、そうではなく、そのような密室のようなところに殿方と閉じ込められて何かされたのではないかと心配なのです」

「？」

どういう意味だと首をひねった私の横で、

「何を言ってるんですか、メアリ。あんな真っ暗な場所ではしたくとも何もできませんよ。まぁ、僕は紳士なのでそんなことはしませんですけど」

「何言ってるんですかメアリ!?　あんな場所で変なことするわけないでしょう」

ジオルドとキースが同時にそう口にした。

メアリはどこか虚《うつ》ろな目をして、

「ジオルド様の紳士という発言の是非はまた論じさせていただくとして、どんな場所でも構わず手を出してくるのが殿方だと社交界でお聞きしてたんですけど」

そう言った。

「いや、メアリ、お前どこでそんな話聞いてきてるんだ」

アランが頭を押さえて嘆いた。

「そんなのほんの一部に過ぎませんよ。僕は紳士なのでそのようなことはないので、安心してくださいね。カタリナ」

「えっ、あ、はい」

何を言ってるのかいまいちわからないけど、ジオルドに手を差し出されたのでとりあえず反射的に取ろうとすると、キースが間に入ってきた。

「いえいえ。ジオルド様には安心して任せられません」

「何を言ってるんですか、キース。何もしていないなんて嘘をついて、君こそあの暗闇を利用してカタリナにあらぬところを触らせていたではないですか」

「なっ、あれは、義姉さんが勝手に触ってきて……」

「ちょっと、キース様、なんですか、その話は、何もしていないとは嘘だったんですか、奥手なふりして何をしたんですか！」

「あ、その違うから、メアリ、落ち着いて」

「まさかキース様がそんなふしだらなことを……」

「キース、見損なったぞ」

「いえ、違いますから、ソフィア、ニコル様、誤解です」

「まぁ、そういう時もあるさ」

「ちょっと、アラン様、そんな自愛に満ちた目で見ないでください。誤解ですから」

目の前の皆のいつもの賑《にぎ》やかなやり取りに、私は自然と笑みが浮かんできた。

闇の魔法をかけられ、真っ暗で音も聞こえない場所に一人っきりだと思った時はすごく不安になった。

夢で隠し攻略対象もいて、破滅フラグが前より多いかもしれないことを知って怖くなった。

でも、今日、ジオルドとキースがいてくれたら、大丈夫だったように、皆がいてくれればきっとこの先も大丈夫だと思えた。

「皆、これからも一緒にいてね」

私はそっと呟いたのだが、その声が皆に届いたようで、

「もちろんですわ。カタリナ様、このメアリ・ハント、次は暗闇の中にもお供します」

「ああ、仕方ないからいてやるよ」

「私ももちろん。一緒にいますわ」

「俺《おれ》も望まれる限り」

「ずっと一緒にいるよ。義姉さん」

「どこまでも一緒にいきますよ。カタリナ」

皆がそんな風に言ってくれた。

「ありがとう。皆」

これから先、どんなことが待ち受けているのかわからないけどきっと大丈夫だと思えた。

あとがき

皆さん、こんにちは、あるいはお久しぶりです。山口悟と申します。

『乙女ゲームの破滅フラグしかない悪役令嬢に転生してしまった…』十巻目になります。ついに二桁の巻数となりました。

一、二巻を出版して頂いた時にはまさかここまでの巻数を出して頂けることになるとは夢にも思っていませんでした。あの頃の自分がこの事実を知ったら飛び上がって驚くと思います。本当にすごいことです！

これも本作を読んで応援してくださった皆様のお陰です。本当にありがとうございます。

昨年、放送して頂いたアニメにもたくさんの応援を頂き本当にありがとうございました。私自身も毎週、時間になるとテレビの前にスタンバって楽しく見せてもらいました。

素晴らしいアニメを作って頂いた制作スタッフ様には本当に感謝しています。

そんなアニメも皆様の応援のお陰でなんと二期が決定し、今年の七月から放送予定。

一期まではアニメに出る予定ではなかったキャラクターたちも二期で出して頂けることとなりとても嬉しくて、放送が今から楽しみです！

皆様、本当にありがとうございます。


今年はさらにゲーム化もして頂くことになりました！

乙女ゲームをテーマに書いた本作でしたが、まさかそれを本物の乙女ゲームにして頂けることになるなんて……今でも信じられないようなすごいお話です。こちらも発売されるのがとても楽しみです。

皆様の応援のお陰でこうして色々と制作して頂き本当に嬉しいです。

こうして出して頂くゲームなどのお話は私の方でもすべてチェックさせてもらい、どれも楽しく見せて頂いています。

そこではあえて『本編に話を合わせてください』とはお願いしていません。

キャラクターについては調整させてもらうこともありますが、物語は世界感から外れなければいいという感じで書いて頂いております。

ですので、そこで語られるお話はあくまでももしかしたら起こっていたかもしれない本編とは別の物語という形です。

本編とはまた違う皆や世界をぜひ楽しんでください。

今回の九巻の内容ですが、オセアンから魔法省に戻ったカタリナたちの魔法省での日々になります。カタリナは闇の契約の書を扱うために闇魔法を習うことになるのですが……なかなか上手くいかず、気晴らしに畑仕事に精を出します。

そして孤児院に収穫した野菜を届けに行くというサイラスに同行させて欲しいとお願いしてついて行きます。

なぜかいつもメンバーも一緒になって結構な大所帯で向かうことになってしまった孤児院では、様々なアクシデントが起こり、そして事件も!?

久しぶりのあの人も登場して頑張ってくれます。

どうぞよろしくお願いします。

最後に、いつも素敵なイラストを描いてくださるひだかなみ様、編集部の担当様、また本作を出版するのに力を貸してくださったすべての皆様に心よりの感謝をもうしあげます。

皆様、本当にありがとうございました。

山口　悟

IRIS
ICHIJINSHA

乙女《おとめ》ゲームの破滅《はめつ》フラグしかない悪役令嬢《あくやくれいじょう》に転生《てんせい》してしまった…10

2021年3月1日　初版発行

著　者■山口 悟
発行者■野内雅宏
発行所■株式会社一迅社
〒160-0022
東京都新宿区新宿3-1-13
京王新宿追分ビル5F
電話03-5312-7432(編集)
電話03-5312-6150(販売)
発売元：株式会社講談社
(講談社・一迅社)

印刷所・製本■大日本印刷株式会社
DTP■株式会社三協美術

装　幀■萱野淳子

ISBN978-4-7580-9339-2

この本を読んでのご意見
ご感想などをお寄せください。

おたよりの宛て先

〒160-0022
東京都新宿区新宿3-1-13
京王新宿追分ビル5F
株式会社一迅社　ノベル編集部
山口《やまぐち》 悟《さとる》 先生・ひだかなみ 先生

悪役令嬢だけど…
破滅エンドは
回避したい
乙女ゲームの
破滅フラグしかない
悪役令嬢に転生してしまった…
キャラクター原案・コミック／ひだかなみ
原作／山口 悟

WORLD Character
悪役令嬢の
破滅回避コメディ
ZEROSUM《ゼロサム》にて
長編コミック
連載中!!
キャラクター原案のひだかなみによる
待望のコミック化★
一迅社文庫アイリス
★詳細は一迅社発行物・
媒体にて発表します★